自然写作

白夜孤旅

The White
Darkness
-
David
Grann

[美]大卫·格雷恩——著
宋明蔚——译

海峡出版发行集团
海峡书局

图书在版编目（CIP）数据

白夜孤旅 /（美）大卫·格雷恩著；宋明蔚译.
福州：海峡书局，2025. 7. -- ISBN 978-7-5567-1433
-9

Ⅰ. I712.55

中国国家版本馆CIP数据核字第2025L4L113号

THE WHITE DARKNESS by David Grann
Copyright © 2018 by David Grann
Published by arrangement with The Robbins Office, Inc.
International Rights Management: Susanna Lea Associates
Simplified Chinese translation © 2025 by United Sky (Beijing)
New Media Co., Ltd
All rights reserved.

著作权合同登记号：图字13-2025-022号

出 版 人：林前汐
责任编辑：郑 娜 俞晓佳
特约编辑：张雅洁
装帧设计：@broussaille 私制
美术编辑：程 阁

白夜孤旅
BAIYE GULÜ

作　　者：（美）大卫·格雷恩	
译　　者：宋明蔚	
出版发行：海峡书局	
地　　址：福州市白马中路15号	
邮　　编：350004	
印　　刷：北京联兴盛业印刷股份有限公司	关注未读好书
开　　本：787mm×1092mm　1/32	
印　　张：7.25	
字　　数：78千字	
版　　次：2025年7月第1版	
印　　次：2025年7月第1次印刷	
书　　号：ISBN 978-7-5567-1433-9	
定　　价：68.00元	客服咨询

本书若有质量问题，请与本公司图书销售中心联系调换　　　未经许可，不得以任何方式
电话：(010) 52435752　　　　　　　　　　　　　　　　　复制或抄袭本书部分或全部内容
　　　　　　　　　　　　　　　　　　　　　　　　　　　　　　　版权所有，侵权必究

献给

乔安娜、麦克斯与艾丽西娅

这里一无所见,唯有白夜。

——亨利·沃斯利

目录

第一章　致命危险　　　　　　　　　1

第二章　内心的召唤　　　　　　　　13

第三章　酷寒地狱　　　　　　　　　23

第四章　钢筋铁骨　　　　　　　　　53

第五章　进攻计划　　　　　　　　　73

第六章　湿了就死定了　　　　　　　99

第七章　无尽的远方　　　　　　　　153

致谢　　　　　　　　　　　　　　　210

译后记　史诗英雄的解构与解读　　　213

图片版权声明　　　　　　　　　　　223

第一章　致命危险

Mortal Danger

茫茫白雪之中，他看起来就像个斑点。四面八方的冰雪绵延至天际：白色的冰、蓝色的冰，冰舌，还有冰楔。放眼望去，没有一个活物。连只海豹都看不见，更别提什么鸟了。这里没有任何生命迹象，只有他自己。

他几乎无法呼吸，每次呼出的水汽都冻结在脸上：他的胡须上挂满了冰柱，眉毛像标本一样被冰霜封住；他每眨一次眼，睫毛都会碎裂开。他反复提醒自己，衣服一旦浸湿就死定了。气温已接近零下40摄氏度，狂风又使体感温度变得更低。这狂风还裹挟着冰粒，混入刺眼的云团，把他弄得晕头转向的。他摔倒了，身体重击在地面上。

这个名叫亨利·沃斯利（Henry Worsley）的男人查了查GPS的精准定位。根据导航的信息，他所在的位置正是泰坦冰穹。这是南极点附近的一处冰盖，海拔不下10000英尺[1]。62天前，也就是2015年11月13日，他从南极海岸出发，渴望实现他心目中的英雄欧内斯特·沙克尔顿一个世纪前未完的壮举：从南极大陆的一端徒步穿越到另一端。这趟穿越南极点的旅程长达1000多英里[2]，甚至还会穿过理论上讲地球环境最恶劣的地方。然而，在这个沙克尔顿曾和团队并肩作战的地方，55岁的沃斯利却选择独自前行：没有任何后援；没有提前在特定地点预存好食物；没有雪橇犬或滑翔伞的助力，他必须自力拖着载满辎重的雪橇。此前世界上还没有任何人尝试过这等壮举。

最开始出发的时候，沃斯利的雪橇重达147千克，这几乎是他体重的两倍。雪橇的一端绑在

---

[1] 1英尺约0.3米。（如无特别说明，本书注释均为编者注）
[2] 1英里约1.6千米。

他腰间的安全带上。他蹬着越野滑雪板,拖着雪橇,双手用力拄着登山杖向前迈进。他从海平面的高度起步,怀揣一颗冷酷而坚定的心。随着海拔逐渐攀升,空气越来越稀薄,气压也越来越低,他开始流鼻血。猩红的血迹把一路的雪染成了红色。地势愈加陡峭,他卸掉雪板,绑上了能踩进冰里的冰爪,继续往前走。他不断扫视着冰面上的裂缝。只要一步踏错,整个人就会消失在那些裂缝之中。

沃斯利是一名退役的英国军官,曾在赫赫有名的英国特种空勤团(Special Air Service)服役。他还是一位雕刻家,生猛的拳击手,精心记录旅行见闻的摄影师,园艺种植者,绝版书、地图和化石收藏者,以及研究沙克尔顿领域权威的业余历史学家。可是只要一来到冰雪的世界中,他就化身为一头野兽,徒步、睡觉、徒步、睡觉,就好像回到了生命的本初状态。

　　他已渐渐习惯处理各种突发状况,也习惯克服各种让人绝望的困境。徒步行走在这荒凉的世界中,他的脑海里不断浮现各种画面。他想念妻子乔安娜,想念21岁的儿子麦克斯,想念19岁的女儿艾丽西娅。他们在雪板上潦草地涂了些鼓舞他的话。其中一句是:"成功不是终点,失败也不要命:唯有不断前行的勇气。"另一句是乔安娜写的:"安全回来,亲爱的。"

　　和许多探险家一样,在这趟旅程中,他探索的不仅仅是自然,也是自己的内心世界,这是对他意志力的终极考验。他的这趟探险旅程也在为伤残军人的慈善组织"奋进基金会"筹款。几周前,作为这次远征的赞助者,剑桥公爵威廉王子在广播中对沃斯利说:"你正在做一件了不起的事情。全国上下都在关注你的进程,每个人都为

① 亨利·沃斯利在南极。

你目前所取得的成就感到骄傲。"

沃斯利的南极探险让全世界为之疯狂,其中还包括一大批在学校上学的学生,他们密切关注他的动向。每天长途跋涉数小时后,他都会钻进帐篷,广播一小段当天的经历和感受(为了实现这个神奇的现代通信技术,他的英国朋友会把他在卫星电话里的音频录下来,再上传到沃斯利的个人网站)。他的声音听起来冰冷而坚决,让他的听众为之着迷。探险开始两周后的一个晚上,他说道:

今早我睡了个懒觉,本来还挺庆幸的,因为过去48小时来的疲惫一扫而空。然而等我起来后,一拉开帐篷,眼前的景象又让我心灰意冷:又是一个白茫天气,东边还刮着白毛风。这种天气持续了一整天,到今晚都没有一丝好转。在这种情况下,导航就成了大问题。我整整瞎走了3小时,想不明白为什么东风突然变成了北风。真是愚蠢啊!风是不会改变方向的,改变方向的是我!我开始紧盯着导航校准方向。我一边蹬着雪板,一边按照导航又走了9小时,就这么绕来绕去,好像多走了大约3英里。不管怎样,我现在终于回到正路上了。能沿着直线前进真开心,即便在这种"白夜"里再走一天也心甘情愿。

2016年1月中旬,他已经跋涉了800多英里,身上的每个部位都感到剧痛。腿脚抽筋。腰背酸痛。脚上磨出了水疱。脚指甲变色。手指冻伤发麻。他在日记中写道:"有点担心我的手指——小手指指尖已经没知觉了,另外几根手指发酸。"他的一颗门牙也掉了,齿豁口中渗入一丝冷风。他的体重掉了将近18千克。他极度渴望吃上自己最爱的食物,还在广播中对听众念叨着:"我想吃鱼肉馅饼、黑面包、双层奶油、牛排配薯条,薯条多来点,还有烟熏三文鱼、烤土豆、鸡蛋、大米布丁、吉百利牛奶巧克力、番茄、香蕉、苹果、凤尾鱼、麦丝卷、维他麦、黄糖、花生酱、蜂蜜、吐司、意面、比萨,对了还有比萨。啊啊啊!"

他正处在崩溃的边缘。可是他从没有想过要放弃,依然恪守英国特种空勤团私下流传的口号——"总是走得再远一点"——这句话出自诗人詹姆斯·埃尔罗伊·弗莱克(James Elroy Flecker)于1913年创作的诗歌《驶向撒马尔罕的金色旅程》("The Golden Journey to Samarkand")。沃斯利把这句口号涂在了雪橇的前端。他就像念咒一般,自言自语道:"总是走得再远一点……再远一点。"

他登上泰坦冰穹的顶端，开始走下坡路，重力推着他向终点滑去。只剩最后100英里了。他已经十分接近那处他称为"与历史相会"的地方了。在被寒冷吞噬之前，他还能坚持多远？他心怀敬畏地研究过沙克尔顿的每一个决策。沙克尔顿在绝境中化险为夷的能力堪称传奇，他在远征遇险时力挽狂澜，最终拯救了全体队员的性命，从此名垂青史。每当沃斯利面对危机之时——比如此刻他就陷入了前所未有的险境——他都会问自己一个问题：换作是沙克尔顿会怎么做？

第二章　　内心的召唤

The Lure of Little Voices

就像沙克尔顿一样，亨利·沃斯利的父亲理查德·沃斯利也是一位杰出的领袖。在亨利小的时候，他就知晓父亲在第二次世界大战中的英勇战绩。父亲率领部队在北非的沙漠和意大利的街巷打赢了一场场战斗。《独立报》曾赞誉他的父亲"危难关头定军心"。经年累月，父亲的军衔也升到了英国陆军里的最高级别，并于1979年成为军需部部长。

对亨利来说，他的父亲有种神圣般的力量：威风凛凛、受人崇敬，有时还行踪不定。一位亲戚回忆道："亨利平时几乎见不到爸爸，即便父子见面，也只是握握手，并没有拥抱或表达爱意之类的行为。"理查德·沃斯利经常被委派到国外执行任务。亨利7岁时被送到了肯特郡的少年寄宿学校。

亨利身材瘦小，蓝眼睛，在那眼神里，胆怯

① "我们见证了造物主的光辉。"沙克尔顿在远征南极时写道。

中又有种平静。他在体育运动中找到了慰藉,板球、英式橄榄球、滑雪、曲棍球等方面表现都不错。尽管他没有绝对优于常人的体能,但他总是玩得很野,要么一马当先冲出去争球,要么越出雪道,在险恶的树林中滑雪,就好像有什么东西在啮噬着他的心灵。

13岁时,他去了白金汉郡的斯托中学,成了学校里板球队、橄榄球队与曲棍球队的队长。小伙伴们总是喜欢围在他身边,但是他更喜欢在学校的操场上独自漫步。校园里有一片占地750英亩[1]的树林和草甸。他在树林中找到一个个鸟巢,在地图上标下它们的位置。每隔几天,他就去看看它们,并在笔记本上简短记录下鸟儿生了多少蛋,或者雏鸟长得有多快。

1　750英亩约3平方千米。

他对坐在教室里听课没多大兴趣，但经常躲进图书馆，阅读探险题材的诗歌和故事。有一天，他找到了一本《南极之心》(*The Heart of the Antarctic*)。这本书讲述了沙克尔顿在1907年至1909年穿越南极，却最终失败的英勇尝试。[为了纪念他指挥的那艘船舰，这次探险以"猎人号"(Nimrod)命名。]沃斯利读到了开篇语："人类有无数理由去探索地球上的荒芜之地。有些人探险是出于简单而纯粹的热爱，有些人是出于对科学知识的渴求，有些人是出于'内心的召唤'而离经叛道，追寻未知的神秘世界。"这本书图文并茂地呈现了那次远征探险。沃斯利惊奇地沉浸在这故事之中。书中的世界里有栋小屋，屋子里有炉子、罐装食品和一台留声机。沙克尔顿和他的队伍曾滞留在南极海岸罗斯岛上的这栋小屋里过冬。那里还有几匹用来拖运雪橇的满洲马，但是它们很快就因不堪重负死掉了。在这本书中，沙克尔顿穿行在那片宏伟的死寂之地。这个肩膀宽厚、英俊潇洒的男人完美彰显着他家族徽章上的箴言"坚忍制胜"（Fortitudine Vincimus）。

沃斯利阅读了几乎所有关于沙克尔顿与其他极地探险家的故事。他兴奋地发现弗兰克·沃斯利——沙克尔顿在探险队中颇为信任的一名队员——竟然是他的远房亲戚。这名队员也记录了那次惊险的旅程，他们经历了"连绵不断的强雪暴，以及狂风肆虐、令人眩晕的暴风雪"。

1978年，亨利·沃斯利从斯托中学毕业。尽管他渴望成为一名极地探险家，但还是应征入伍了。他的母亲萨莉回忆道："他一点都不想去部队，但我们劝他，说不定会喜欢部队生活，为什么不去试试呢？"他进入了萨里郡的桑德赫斯特皇家军事学院，并受训成为一名军官。1980年，亨利在毕业典礼上接受检阅。检阅他们的是军队高层，其中就包括在1976年被授予了爵位的父亲。他向父亲举手敬礼。

亨利成了一名少尉，被委派到当年父亲服役过的兵团。在此期间，他开始重温沙克尔顿的事迹。他不再把它们当作浪漫的故事了。"尽管历经重重困难，这些人还是坚持了下去，这个故事太让我着迷了"，沃斯利后来在2011年出版的《追随沙克尔顿的足迹》(*In Shackleton's Footsteps*)一书中写道，"于我而言，沙克尔顿不仅是一位英雄，我把他看作我的导师。未来我也会领导一支队伍。我相信，对于我这种刚开始统兵率队的19岁年轻人来说，没有比他更值得追随的榜样了。"

① 和父亲一样,亨利·沃斯利也参了军。

第三章　酷寒地狱

Hell Is a Cold Place

从很多方面来讲，欧内斯特·沙克尔顿都挺失败的。他第一次去极地探险是在1901年，那年他加入了罗伯特·福尔肯·斯科特（Robert Falcon Scott）的探险队。斯科特想成为到达南极点的第一人，用他的话说："及他人所不及之处，见他人所未见之景。"作为一名英国海军军官，斯科特长期致力于科学考察。他的指挥风格堪称顽强无畏。当然你也可以说他行事武断，冷酷无情，恃强凌弱，把自己的意志凌驾于他人之上，正如他所习惯的那套绝对服从命令的海军生存法则一样。有一次，为了惩罚一名不服管教的厨子，他命人给他戴上镣铐，称这种惩罚能让他学会"在哀鸣中谦卑"。沙克尔顿在商船上待了十年，对这种专横的手段颇为不满。

1902年2月，探险队在南极寒冷的海岸扎下营地。南极大陆有两个季节：夏季从11月持续

① 沙克尔顿、罗伯特·福尔肯·斯科特与爱德华·威尔逊出发前往南极点。

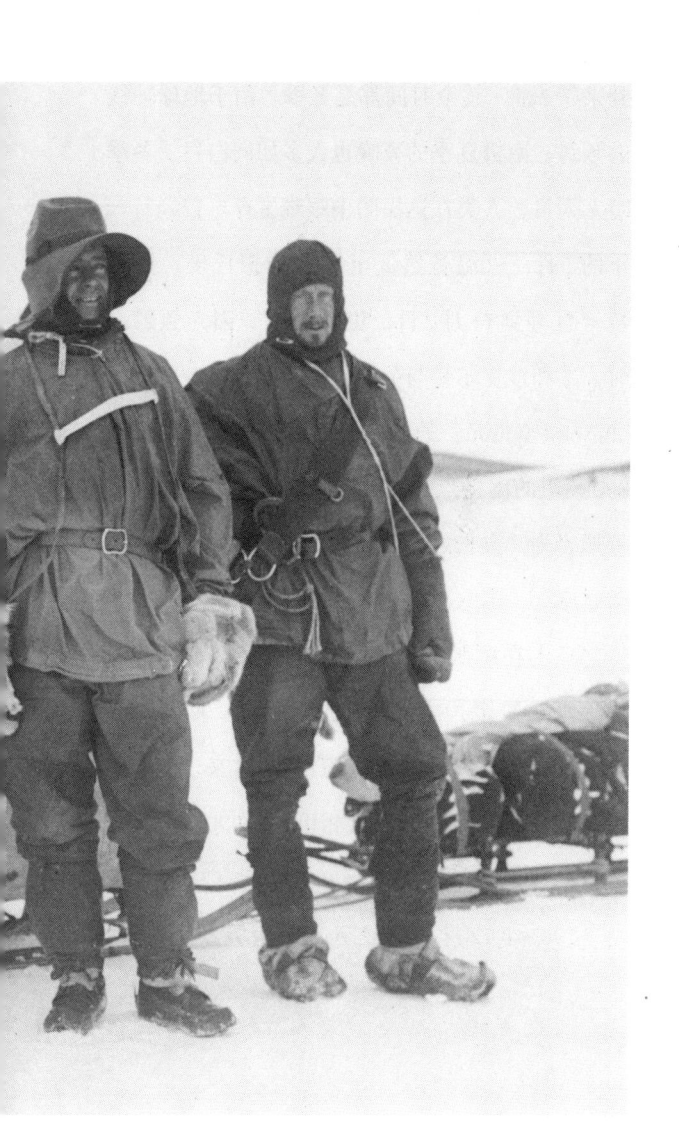

到来年2月，其余时间都是冬季。由于地球轴线的倾斜，南极夏季的夜晚也大多如同白昼。冬季暗无天日，人类在这黑暗中艰难生存。曾经有一年的7月，气温竟然低至零下88摄氏度。斯科特一直等到11月2日，也就是夏季阳光照射之时，才和沙克尔顿与另一位名叫爱德华·威尔逊（Edward Wilson）的队员登船远航，开赴那长达800英里的南极点之旅。探险队的成员将这段旅程形容为"漫长之旅，孤独之旅，探索之旅，黑暗之旅"。

三人在刺眼的极地冰雪中跋涉，他们的血肉逐渐被饥饿、冻伤和坏血病吞噬。斯科特经常辱骂手下，有一次他骂道："滚过来，你们这些蠢货！"沙克尔顿反唇相讥："你才是最大的蠢货！"

1902年12月31日这天，距南极点还有480

多英里，斯科特下令撤退。在狼狈的折返途中，沙克尔顿咳出了血。待回到船舰后，他已然——用他自己的话说——"苟延残喘"。

四年后，沙克尔顿率领"猎人号"船舰，开启了真正意义上自己主导的远征探险。这一次，他和另外三名同伴比前人都更接近南极点：只差97海里（海里是航海术语，1海里比普通的1英里长一半）。然而，为了队员的安危着想，沙克尔顿宣布撤退。回到英国后，他没有和妻子埃米莉讲述这次失败探险的过程，只是说："好死不如赖活着，对吧？"

"是啊，亲爱的，我也这么想。"妻子说。

与此同时，另有他人创造了历史。1909年，美国探险家罗伯特·E.皮尔里（Robert E. Peary）声称首次到达北极点（尽管后人质疑他抵达的地点可能不是真正的北极点）。两年后，挪威探险

① 1912年1月18日，斯科特与队员抵达南极点，却发现了阿蒙森的帐篷与挪威国旗。

家罗阿尔德·阿蒙森（Roald Amundsen）赢得了南极点之争。他没有使用人力拖拽物资，而是一边凭借犬队拉橇，一边滑雪前行。最终他领先斯科特团队五周到达了南极点。斯科特发现挪威国旗飘扬在南极点后，在日记中写道："天哪！这真是个可怕的地方。"

返程途中，他和四名手下弹尽粮绝，其中就包括爱德华·威尔逊。"我们死也要死得体面。"临终前，斯科特在日记中潦草地写道。

南北极点都被人类征服了。沙克尔顿虽已年近四十，却依然蠢蠢欲动。他开始关注另一个人类尚未完成的成就——穿越南极大陆。"从情怀的角度来讲，这是极地探险活动中最后一个有待完成的壮举。"他在一份计划书中写道，并强调这将是一场"最激动人心的探险旅程"。

极地探险往往被人们贴上"匮乏"和"幽闭

恐惧"的标签，同时被当作探索人类生理极限的实验。历史就是由人与人之间的争夺、出卖、诬陷，甚至叛变和杀戮写就的。沙克尔顿曾目睹斯科特探险队的队员们彼此之间是如何攻讦构陷的，因此当他再次招募队伍时，认为极地探险的队员一定要符合这些条件："第一，为人乐观；第二，要有耐心；第三，拥有坚强的体魄；第四，秉持理想主义；第五也是最后一点，充满勇气。"在沙克尔顿看来，有一个人完美地展现了这些特质。他就是弗兰克·沃斯利。这名42岁的新西兰海员胸膛宽阔、下巴棱角分明。弗兰克·沃斯利被选为此次探险的二十八名队员之一，并被沙克尔顿任命为船长。"我听从命运的安排。"沃斯利写道。

1914年10月26日，以沙克尔顿家族箴言命名的42英尺木制纵帆船"坚忍号"（Endurance），满载队员和三艘救生艇从阿根廷扬帆启程。10天后,探险队停泊在距智利合恩角以东1100英里处的南乔治亚岛,这座被冰川覆盖的小岛被沙克尔顿称为"通往南极的大门"。这座荒无人烟的小岛上只有几个捕鲸站,却是探险者和人类文明最后的联结。

12月5日,队伍开拔进威德尔海域。这是位于大西洋的南部海域,衔接南极大陆的北端。正如阿尔弗雷德·兰辛(Alfred Lansing)在1959年出版的经典历史著作《熬:极地求生700天》(*Endurance*)中记载的那样,沙克尔顿计划穿过这片遍布浮冰与冰山的海域,在岸边建立大本营。之后,等到冬季结束,他会和六名队员徒步穿越大陆,最后在新西兰以南的太平洋海湾罗斯海结束整个探险活动。

1915年1月18日,从大本营出发不到100英

① 站在南乔治亚岛上的一处山顶,弗兰克·沃斯利和队员俯瞰"坚忍号"。

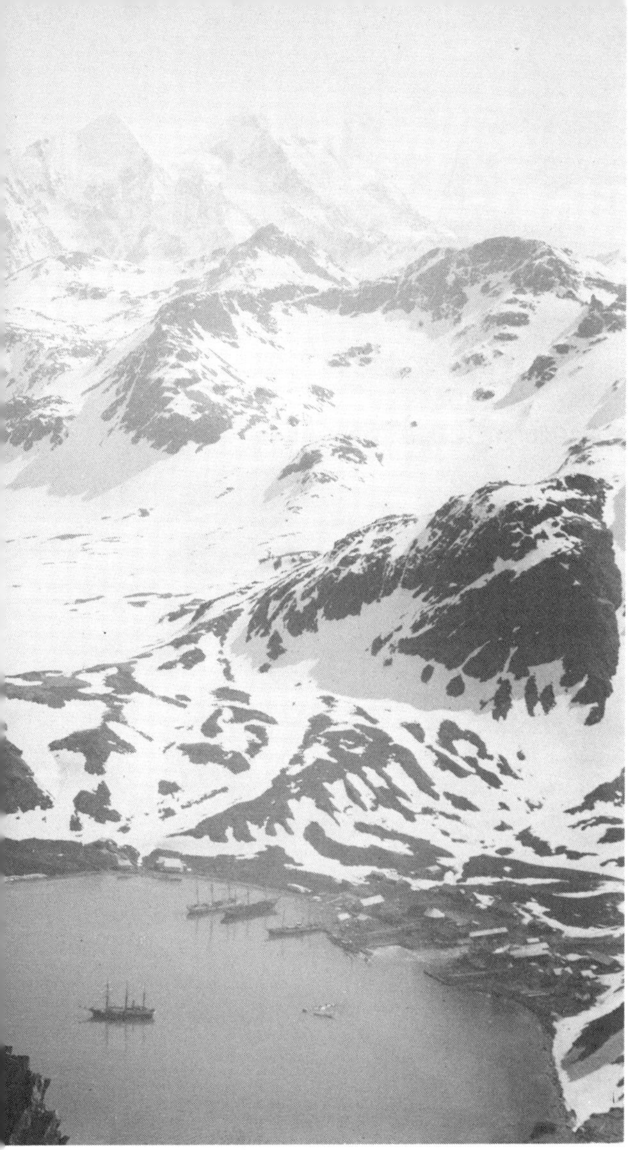

沙克尔顿的船员试图在危险的浮冰中开辟出一条路。

里,"坚忍号"就被冰封在大海之中。一名队员曾描述它"就像夹在巧克力棒中的一粒杏仁"。"坚忍号"被浮冰裹挟着漂往大海。到了2月末,冬季即将来临,沙克尔顿意识到,11月冰雪融化之前,他的探险队都会被困在这艘冰封的船里。

在这昏天黑地的冰海中,沙克尔顿努力让队伍团结起来。他的方法有些另类,甚至可以说很激进,至少对于那些习惯了英国海军传统的人来说是这样。他无视沉闷的等级和军衔,平均分配每名队员的食物和工作量。尽管沙克尔顿也会时不时地发脾气,让大家知道谁才是船上真正的领袖——大家都叫他"老大"——但他也身体力行地干着粗活,与队员们打成一片。探险队中的一名前海军军官在日记中无不震惊地写道,沙克尔顿"错就错在太过亲和了,即便偶尔有人对他出

🕐 在冰雪的裹挟中，船体外层木板发出嘶鸣。

① 极夜之中,船员被困在了冰封的船里,沙克尔顿"近乎固执"般地让船员保持乐观。

言不逊,他也不会训斥对方"。他说他们的老大"就像是斯科特队长的另一个极端"。

为了缓解大家心中的烦闷与恐惧,沙克尔顿试图给这艘没有规则的船营造出轻松欢乐的氛围。队员们打牌消遣,每到周日,留声机的音乐就会回荡在铺位船舱之中。队员们每个月都聚在所谓的丽兹餐厅,提着灯,欣赏探险摄影师弗兰克·赫尔利(Frank Hurley)环游世界时拍的照片。其中最受欢迎的一组照片是"爪哇一瞥",拍的是热带岛屿上的棕榈树和少女们。弗兰克·沃斯利写道,沙克尔顿"欣慰于一个人抑或一小群人,会在多大程度上影响其他人的心态",并补充道,"他努力保持着愉悦的心情和乐观的心态"。

但即便是沙克尔顿,在冰海上也无能为力。10月27日,在张力作用下,船体外层的木板开裂。海水从缝隙中涌进，淹没了队员们的床铺。正当队员们想办法把舱底的积水排干时，船尾倒刺向天空，就好像是在向上天祈祷。沙克尔顿哭道："孩子们，船要毁了！"

大家迅速把三艘救生艇和物资搬运到周围的冰面上，放弃了"坚忍号"。他们被困在南乔治亚岛西南1000多英里处的浮冰上，无法发出求救信号。沙克尔顿在日记中写道："祈祷上帝，望全员顺利回家。"

若是走水路，浮冰堵住了去路，救生艇无法前行。他们只能选择徒步。这意味着他们不仅要拖着载满补给的雪橇，还要拖着救生艇，以备浮冰碎裂后可以划船逃生。每艘救生艇至少1吨重，最大的一艘有22.5英尺长、6英尺宽。沙克尔顿告诉队员，他们必须丢下所有不必要的物品。沙克尔顿手上最珍贵的一件物品是一本《圣经》,那是爱德华七世的妻子亚历山德拉王后赠给他的。王后在上面题写:"愿主助你完成使命,指引你逢凶化吉。"沙克尔顿把这本《圣经》和几枚金币放在了冰面上。

其余队员也开始筛选要带的物品。然而,救生艇还是重得几乎拖不动。2天后,沙克尔顿宣布停止前进。他们在冰面上扎营数月,并将这处营地命名为"忍耐营"(Patience Camp)。弗兰克·沃斯利感叹,"为何人们常把地狱描绘成一处炎热的地方",而不是"酷寒冰雪之地,仿如吾辈之墓"。

为了防止暴乱,沙克尔顿把三个最容易惹事的家伙关在各自的帐篷里。未承想,12月底的一天,住在另一顶帐篷里的木匠竟然造反了。他坚称,既然"坚忍号"不复存在,他们也不必服从船长的命令。沙克尔顿召集了其余忠心耿耿的

① "坚忍号"沉没后,沙克尔顿的队员们试图拖着救生艇穿越冰天雪地。

队员。他们把木匠留下，独自思索自己的生死。这场哗变结束了。

1916年4月9日，浮冰开始碎裂，沙克尔顿下达了大家期待已久的命令："救生艇下水。"约一周后，探险队到达了象岛。这是一块崎岖而贫瘠的土地，距南极大陆150英里，位于南乔治亚岛西南800英里。沙克尔顿意识到，在未来更长远的航行中，大多数队员都无法幸存——其中一人还切除了五根冻伤的脚趾——他宣布，大部分人留守在象岛，他将和包括沃斯利在内的五名队员共乘一艘救生艇继续前进。

在暴风雪和夹着冰粒的巨浪中，他们在开阔的海域航行。队员们浑身湿透，遍体生寒。尽管口粮不多，沙克尔顿还是分给队员一些吃的，好让他们保持清醒。5月10日，自从南乔治亚岛出发近一年半之后，他们再次看到了这座小岛的海

① 二十二人留在原地驻守，沙克尔顿率领一小队人去象岛寻求救援。

岸。这些人看起来就像末日后的幸存者。沙克尔顿随后率领沃斯利和另一名队员向北跋涉了26英里,翻越了地图上尚且空白的冰川地带,来到了小岛另一侧海岸的捕鲸站寻求帮助。沙克尔顿说,在这场穿越途中,他感受到一种神圣的存在——还有"第四个人"在指引着他们。

36小时后,他们跌跌撞撞地走进捕鲸站,沙克尔顿马上开始想办法营救困在象岛的22名队员。但直到8月20日,他才从智利政府那里要来一艘大到可以破冰的蒸汽船。当他和沃斯利一同重返象岛时,他通过双筒望远镜远眺,看是否有队员幸存。"只有两个人,"他喃喃道,"不,四个人。"他顿了一下,又说:"我看到六个——是八个人。"接着,他大叫道:"他们都在那儿!每个人都在!"沃斯利后来惊叹于沙克尔顿"天才的领导力",能"让我们在重重危难中求得一线生机"。沙克尔顿后来写道,在这趟旅程中,他和队员们早已"看透世事",并"直抵人类赤裸的灵魂深处"。

然而,沙克尔顿未能完成他的使命,没有成为穿越南极大陆第一人。1922年,他死于心脏病,年仅47岁。他很快就淡出了公众的视野,与此同时,他的对手斯科特的悲壮赴死却引发了世人的探讨。历史学家马克斯·琼斯(Max Jones)在2003年出版的著作《最后的伟大探索》(*The Last Great Quest*)中指出,所谓"英雄",正是一种对当下崇拜他们的社会的映射。当时大英帝国渐趋衰落,全世界都在经历着残酷的第一次世界大战,斯科特被视作为国捐躯的烈士。然而,到了20世纪末,越来越多的人开始从战略的视角审视极地探险,斯科特也因其专横无常的性格、僵化的行事风格而饱受批评。在1999

① 困守队员欢呼着迎接沙克尔顿与救生船归来。

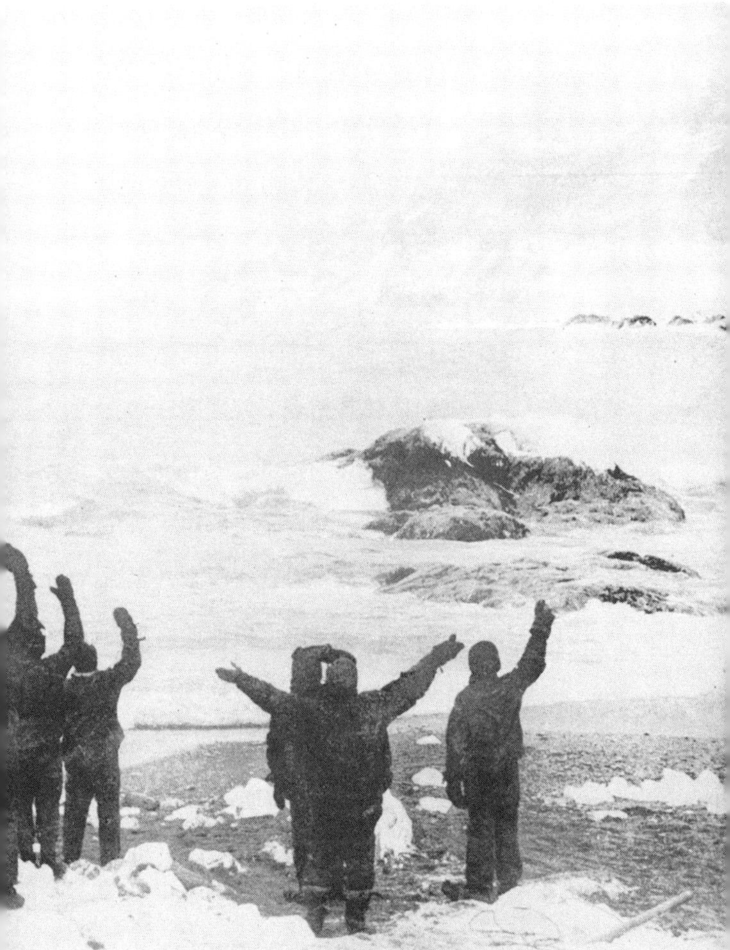

年的一篇文章中,旅行作家保罗·索鲁(Paul Theroux)捕捉到了这种修正主义的观点:"斯科特缺乏安全感,性格阴郁、焦躁,没有幽默感,在他的手下看来还有些阴晴不定,并且时常计划不周,为人愚钝。"

人们渴望掌控公司、掌控战场、掌控官场,最重要的是掌控自己——在这样一个充斥着统治欲的时代,沙克尔顿因其招募、管理团队的方法,以及冷静率领团队劫后余生的经历而备受尊崇。他的故事被企业家、高管、宇航员、科学家、政治家和军事将领争相研究。后来甚至派生出了相关的自助书目,专门分析他的管理方法,譬如《沙克尔顿的领导艺术:危机环境下的领导力》(*Leading at the Edge: Leadership Lessons from the Extraordinary Saga of Shackleton's Antarctic Expedition*),再比如《沙克尔顿:来自南极的领导力课程》(*Shackleton: Leadership Lessons from Antarctica*),后者包括"与我同在帐篷下:与异见者保持紧密联系""零下20摄氏度的队友情谊:打造最佳工作环境"以及"航行于未知海域:适应和创新"等章节。

这些图书将人的一生简化成一本工具书,却往往忽略了沙克尔顿的缺点——他那近乎天真的雄心壮志,还有他在战略上的失策。这些书籍都在传递同样的"福音":"坚忍制胜。"尽管如此,即便是怀疑论者也无法否认沙克尔顿的领导天赋。正如一位极地探险家所言:"若论科学有序的领导能力,当数斯科特;若论快速高效的行军节奏,当数阿蒙森;但当你身处绝境无路可走时,那就跪下来祈求沙克尔顿显灵吧。"

第四章　钢筋铁骨

A Spine of Steel

在战场上指挥士兵时，亨利·沃斯利也想效仿沙克尔顿的风格。沃斯利从不滥用军衔的特权，而是善待他手下的士兵，与他们共同完成任务。他的士兵剃光了头，他也剪掉了头发——尽管长官对他说，他的发型"不像个军官"。沃斯利信奉耐心和乐观的力量，还努力向士兵诠释他的信条——用他自己的话说，"战友的利益与生命高于一切"。现任英国陆军总参谋长尼克·卡特（Nick Carter）[1]说沃斯利"非常关照、怜惜自己的士兵——我们更喜欢称他们为他的步枪手"。他还补充道："人们都愿意追随他，因为他是一位非常有抱负的领袖。士兵们都想成为他。"

沃斯利常常表现得很谦逊，但也有高调的一

---

[1] 尼克·卡特已于2021年11月卸任。

① 亨利·沃斯利在马尔维纳斯群岛。

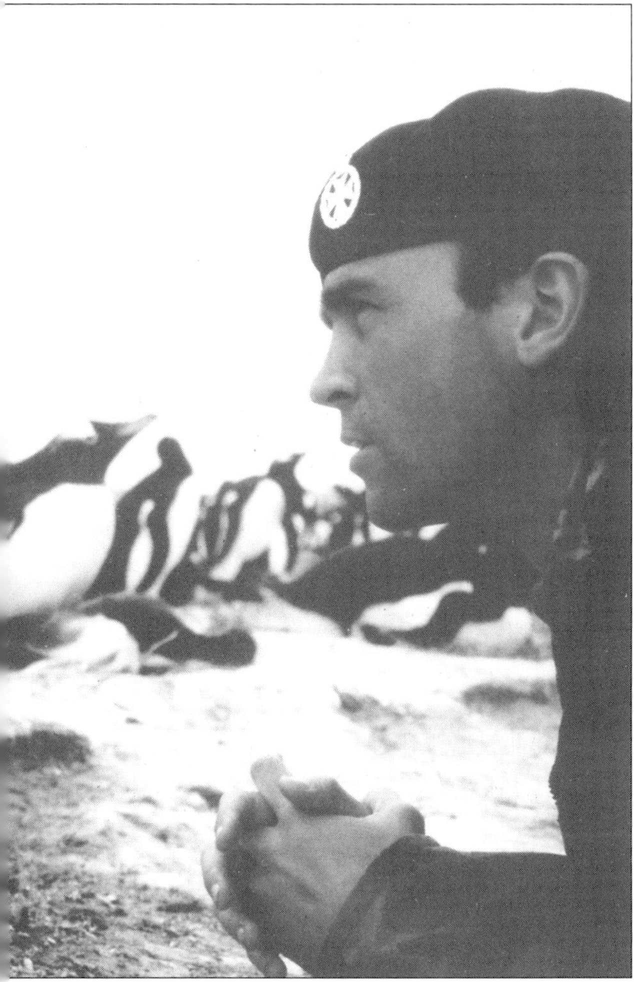

面。不穿军装的时候,他喜欢系着鲜艳的腰带,穿着醒目的衬衫。他养了只宠物雪貂,还开着哈雷-戴维森摩托,嘴里叼着雪茄。沙克尔顿认为诗歌是"必不可少的精神疗愈",沃斯利也一样,他会引用罗伯特·勃朗宁和鲁德亚德·吉卜林等作家的诗句。当他被委派常驻国外时——起初是1980年在塞浦路斯——他画下了异域风光。当他在北爱尔兰第一次面对暴力威胁时,他通过缝纫平静自己的内心。在他拿起武器走上街头前,人们经常能看到他在房间里手捻针头,专注地盯着地毯或垫子穿针引线。回到伦敦后,他去监狱做志愿者,教犯人梭织——一种钩织花边的技艺。

1988年,已晋升为上尉的沃斯利十分向往英国特种空勤团。这支部队身着全套黑色军装,散发着一种强健而无畏的神秘气息。正如那些沙克尔顿主题的自助书籍，市面上也有不少关于掌握英国特种空勤团"耐力技巧"和"领导力实践"技能的工具书，其中包括如何培养"团队精神"和"生存意志"。沃斯利报名参加了英国特种空勤团的选拔测试。这里的体能选拔如同酷刑，有人甚至死在了测试过程中。2013年，两名应试者在长途跋涉中因中暑而昏厥丧命，还有一名应试者被紧急送往医院，而后死于器官衰竭。（传闻在1981年的一次选拔中，两名应试者丧命，主考官对此评价道："死亡是自然宣告你落选的方式。"）

这场选拔持续了6个月。在第一阶段，沃斯利要完成一系列计时任务，穿越南威尔士的布雷肯比肯斯山脉——号称"死亡穿越"。他全副武装，背着沉重的背包，带上一点点水，长途跋涉数日。他也许目睹了其他应试者接连崩溃或放弃,这些人的精神往往比身体先垮掉。这次穿越的最后环节是所谓的"耐力考核"——在22小时内徒步40英里,翻越一座海拔3000英尺的山峰,还要全程背负25千克重的背包。

完成这个阶段的考核后,他被空运到文莱,被直升机带到一片到处是猩猩、云豹和毒蛇的丛林。他要在此生存一周,还要躲避一群追踪他的士兵。项目考核的负责人密切观察他的一举一动——洞悉他的心性。接着,他还要接受一场审讯,其目的就是击垮他。"你被折磨摧残,"一名应试者告诉记者,在此期间审讯者会利用人的一切弱点,"如果你害怕蜘蛛,他们就会用蜘蛛来对付你。"每年只有约15%的应试者能通过选拔测试。沃斯利就是其中之一。一位与沃斯利关系不错的英国特种空勤团军官说:"在他温和的性格、艺术气息的形象之下,还有一副钢筋铁骨。"

沃斯利后来两度执行英国特种空勤团的任务,这对于尉官士兵来说是颇为罕见的殊荣。

1989年的一个晚上,沃斯利在伦敦的聚会上遇到了乔安娜·斯坦顿。在社交场合,他总是小心翼翼地与他人保持距离,而乔安娜,这位身材高挑、举止优雅、红褐色头发的女士却谈笑自如。她在洛杉矶工作过一段时间,为MTV电视台制作音乐录影带。她喜欢旅行,但讨厌露营和冬季的寒冷,尤其讨厌雪貂。尽管如此,她还是和沃斯利约会了。"这才是被彼此迥然不同的特质吸引,"她说,"天啊,我就是个彻头彻尾的邻家女孩儿。"

然而,她喜欢沃斯利身上那种古典时代的气质——一位亲戚曾形容他为"不属于这个时代的人"——他毫不掩饰对勇气、牺牲等理想主义精神的信仰。她喜欢他那些古怪的爱好,喜欢他为自己朗诵诗歌,喜欢他用结实的臂膀拥抱自己。他喜欢她直爽的性格,还有她能与任何人打交道的能力,无论是在艺术慈善活动上,还是在她经常做志愿者的流浪者收容所里。他喜欢她总是看破自己坚忍之下的默默承受,戳穿他隐藏的自我。她总是敦促他"走出家门,实现你的梦想"。纵然乔安娜生性自由,却是沃斯利一生中坚定支持他的存在。他称乔安娜是自己的"靠山"。

他们在1993年结婚。麦克斯在第二年出生,艾丽西娅在1996年出生。尼克·卡特说:"沃斯利渴望冒险,但也喜欢和家人一起待在家里——教儿子射击、用雪貂捕猎,或者只是为御冬砍柴割草。"然而,由于军职所在,沃斯利和父亲一样,时常与家人分离。2001年,他在波斯尼亚服役时，街头发生了骚乱。一位平民被打死，沃斯利被暴民追打。据他在书中描述，他躲在一家咖啡馆里，但人们很快就涌了进来，朝他扔石头，砸窗户。"换作是沙克尔顿会怎么逃出去？"他暗忖。他知道如果继续留在咖啡馆，情况只会更糟："我必须果断行动，就像沙克尔顿那样。"他锁定了不远处的藏身之所，冲出一条路，逃出生天。之后，他重新部署附近的兵力，说服头领做出妥协，从而平息了这场暴乱——用卡特后来的话形容，他"精妙地运用了威逼与谈判的手段"。2002年，沃斯利被授予英国女王杰出服役嘉奖，以表彰他"英勇和杰出的服役表现"。

许多军官和士兵崇拜他，就像他崇拜沙克尔顿一样。卡特曾对记者说，沃斯利是"我认识的最低调却又最勇敢的人之一"，一名曾在沃斯利手下服役的士兵称赞他是"极有才能的领袖"。然而，他的军旅生涯很快就停滞了。乔安娜回忆："他喜欢士兵身份中的'兵'，可一旦到了40岁，之后的所有职务都是有些政治意味的办公室工作。亨利不喜欢这种工作。"一名前军官说，沃斯利不会为谋求职位而耍各种手段，并指出"那不是他的行事风格"。眼看着众多好友都官升准将和将军，沃斯利在2000年被提升为中校。

与此同时，他对沙克尔顿更痴迷了。他会在古董店与拍卖行逗留几小时，只为寻找他所谓的"沙克尔顿周边"：签名书、照片、日记、信件以及其他纪念品。"亨利为此花费了一大笔钱。"乔安娜回忆说。在一次拍卖会上，他狂热地参与竞拍沙克尔顿关于"坚忍号"远征的《南极》（*South*）首印版。沙克尔顿在这本书里给父母写

① 亨利喜欢乔安娜的直率,喜欢她总是敦促他"走出家门,实现你的梦想"。

了一句题记:"爱你们的欧内斯特,于1919年圣诞节。"沃斯利每次出价,都有一位匿名电话竞拍者与他竞价,最终对方以7000美元的价格拍下了这本书。几周后,在结婚十周年纪念日当天,乔安娜送给他一份礼物:这本有沙克尔顿题记的首印版。他们都不知道彼此就是那位竞标对手。在他看来,这件礼物是他"这辈子最珍贵的物品"。

2003年11月,他终于去了儿时的梦想之地——南乔治亚岛朝圣。"坚忍号"沉没后,沙克尔顿和弗兰克·沃斯利不仅在岛上找到了避难之所,两人还在1922年回到该岛,为再次去南极探险做准备。他们抵达后的第二天,沙克尔顿因心脏病发作去世了。("他的离去让我震惊,因为我几乎无法想象他也会有一死。"弗兰克·沃斯利写道。)弗兰克·沃斯利和其他队员将沙克尔顿的遗体安葬在岛上的一处墓地。他们找了些石头,堆成石冢以表纪念。弗兰克·沃斯利回忆道,这个临时举办的悼念仪式开始后,"一场暴风雪来袭——在我看来,这似乎是我们从象岛乘船抵达南乔治亚岛时遭遇的那场飓风的幽灵"。

八十多年后,亨利·沃斯利撬开墓地的大门,背着背包和睡袋走了进去。在暮色中,他依稀能辨认出那处石冢和花岗岩墓碑,墓碑上刻着罗伯特·勃朗宁的诗句:"我坚信,一个人应尽其所能地去实现生命所赋予他的价值。"沃斯利把睡袋铺在地上,钻进去,面朝那块花岗岩墓碑。"我伸手触碰着它,心想,这是我生命中多么重要的一个时刻,"他后来写道,"我要在这里过夜……在我儿时英雄的墓旁。"

后来,他看到了新西兰探险家休·德·洛图

尔（Hugh de Lautour）写的一首十四行诗。这首诗强烈呼应了他的内心感受。他为这首诗做了注解，还时常大声诵读：

> 安息吧，欧内斯特，在星辰下安息；
> 你已拼尽全力，实现生命所赋予的价值：
> 未必在地理上抵达，但成就远不止于此
> 你已获得，领导力的极致。
> 安息吧，欧内斯特，安息。上帝知晓
> 无人比你更值得拥有：南极的长夜
> 在南极白昼下赢得胜利的是友非敌
> 队员们从死神的黑暗之门被带回光明。
> 你如何用坚忍之心战胜
> 日夜挣扎与艰难苟活
> 直至死亡不再意味着屈辱？
> 你如何在饥寒中生存

领导众人幸免于难？

上帝知晓。上帝全然知晓。因为他在那里。

南乔治亚岛之旅结束后，沃斯利更加渴望开启自己的极地探险计划，实现"生命所赋予的价值"，但他不确定自己能不能做到。正如他所说："我害怕种种未知——计划、训练、筹款，特别是失败的风险。"

2003年，沃斯利来到南乔治亚岛的沙尔克顿墓地。

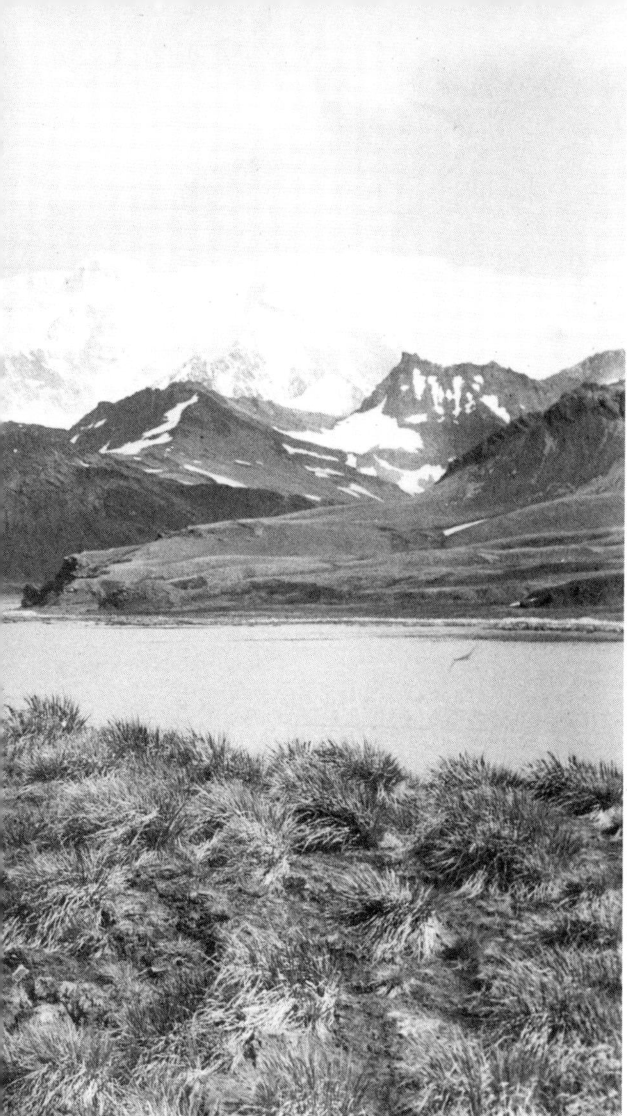

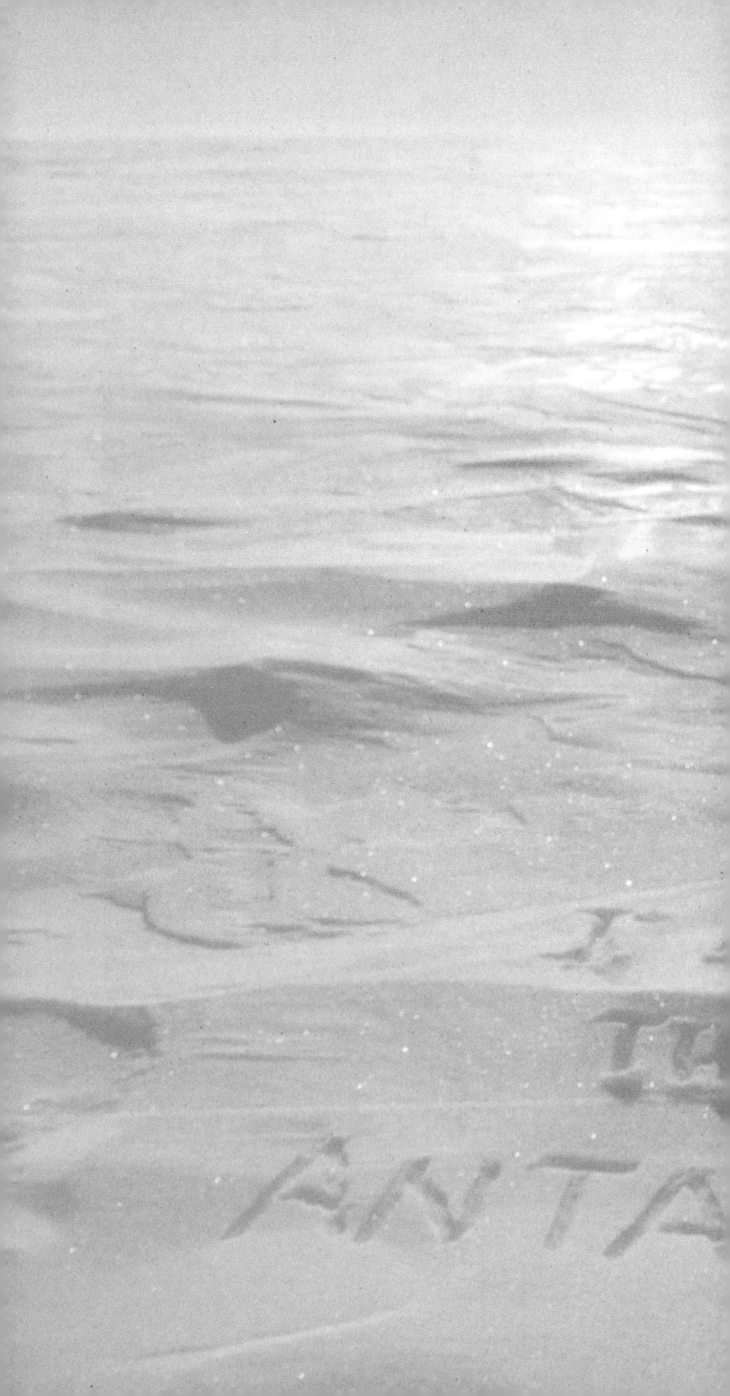

第五章　　　进攻计划

Plan of Attack

2004年3月,沙克尔顿的孙女亚历山德拉·沙克尔顿联系上了沃斯利。几年前,他们在伦敦的佳士得拍卖行见过一面,当时沃斯利成功竞拍到了她祖父的一张亲笔签名照。后来,沃斯利时不时地在极地探险的分享会上遇到她,还与她诉说了对南极探险的渴望。

亚历山德拉想让沃斯利见见沙克尔顿的另一位后人——沙克尔顿的侄孙威尔·高(Will Gow)。"他和你一样,都很崇拜我的祖父,近年来他也一直想去南极探险。"她说。

在伦敦南部的一家酒吧里,沃斯利和高碰面了。这位33岁的银行家长着一张圆脸,在兴奋的时候会睁大他那笑眯眯的蓝眼睛。高有些急迫地对沃斯利说,距"猎人号"远征南极一百周年还有几年时间,等临近纪念日的时候,他想重启这次探险。沃斯利想起那次失利的远征探险中的种种细节。1908年10月29日,沙克尔顿与另外三人出发前往南极,其中包括一位名叫詹姆森·博伊德·亚当斯(Jameson Boyd Adams)的气象学家,他当年是探险队的副指挥。1909年1月9日,沙克尔顿徒步到离南极点还剩97海里的地方,把英国国旗插在冰上,用他的话说:"以国王陛下爱德华七世的名义占领了这片高地。"之后,他们陷入了进退维谷的窘境:他知道团队会在几天内徒步到达南极点,完成这项壮举,可是再走下去,回程的补给就会耗光,队员的性命也岌岌可危,更何况他们现在都已是苟延残喘了。最终,沙克尔顿做出了一个在沃斯利看来是"极地探险史上最无私、最惊人的决定"——撤退。

按照高的设想,这支新的探险队将由沙克尔顿探险队队员的后代组成。他们将在2009年1月

① 威尔·高和沃斯利在为南极点探险之旅训练。

9日,也就是一百周年纪念日时,抵达沙克尔顿到过的最远地点,之后继续向南极点进发,完成这次探险。用高的话说,这是在完成"未竟的家族事业"。

沃斯利吃惊地听着他的讲述。这可是个千载难逢的机会。他相信部队一定会批准他休假去探险的。于是,沃斯利和高就像两个密谋者一样,开始策划他们的探险旅程。他们还要招募另一名队员,并筹集40万美元来购置装备,支付此次探险的开销。他们还要训练:虽然他们骨子里就有极地探险的基因,却没有实践经验。

他们开始了残酷的体能训练。每个人在腰部绑上拖拉机轮胎,拖着轮胎在开阔的田野上来来回回地拉练。2005年,他们报名参加了育空极地挑战赛。这项比赛号称世界上最艰苦的耐力赛,参赛者要穿越加拿大西北部的荒野冰原。气温有时会低至零下50摄氏度，还曾有参赛者因冻伤而被截肢。科学家们把这场比赛当作研究极端环境对人体影响的实验。《新闻周刊》杂志评价道，比赛听起来就像"杰克·伦敦小说的故事背景"。

挑战赛分为不同的组别，沃斯利和高报名的是300英里徒步组——这个组别的距离只是他们南极探险旅程的三分之一——比赛期间，他们要用雪橇拖载所有补给。比赛关门时间是8天。"除了对体能的要求，我还想看看自己是否有足够强大的意志力，"沃斯利写道，"任何想要放弃这个短程赛事的念头，都会为未来的探险计划埋下祸根，如果我真的放弃了……我必须认真考虑下是否有资格加入这支南极探险队。"

他们带着燃烧棒，身裹层层衣物，拖着雪橇穿过茂密的松林，翻越高山，跨过冰冻的河流。有一次，高踩破冰层，落入水中。有人警告过他们,如果衣服湿了,只有大概5分钟的时间来防止失温。高迅速生火,擦干双脚,换好了衣服。他们继续前进。头顶上的北极光闪耀着让人久久难以忘怀的绿色光芒。

经过几天的长途跋涉,沃斯利和高饱受失眠和感官剥夺的折磨,还因饥饿头晕目眩。很快,他们开始产生幻觉。为了坚持下去,沃斯利采取了"极端措施"。他想象自己正拉着生病的女儿,女儿坐在雪橇上,要想救活她,就必须把她拉到医生那里。他和高摔倒在终点线上,只比关门时间早了几小时。"那是我们真正意义上的第一次挑战。"高回忆道。

2006年,也就是他们开启南极探险计划的前两年,英国计划在阿富汗赫尔曼德省部署兵力,沃斯利作为所谓的军方"耳目"被派往那

① 亨利·亚当斯的曾祖父詹姆森·博伊德·亚当斯。

里。他随身带着那本都快被翻烂了的《南极之心》,那是沙克尔顿撰写的"猎人号"远征探险手记。他还带了颜料、画笔、针线包,还有一包球拍和板球,准备和当地人一起玩。在那几个月时间里,他辗转赫尔曼德省各地,与部落长老和毛拉们商谈。沃斯利后来在一篇文章中写道:"要想在阿富汗生存下来,不仅要关注兵力和武力,也要对当地人和当地的文化产生共情。"

收集完情报之后,他警告上级单位,如果英军来了会有"捅马蜂窝"的风险。他们会激化民众,引发塔利班的恐袭报复。他的话很有预见性。"亨利精准预见到了后续的问题。"英国议会议员汤姆·图根哈特(Tom Tugendhat)后来对记者说。但在当时,沃斯利的警告激怒了军方和政界的众多领导者。对于民众即将面临的危险,他们不以为然。如果说沃斯利本还有一丝在

① 高的叔祖父欧内斯特·沙克尔顿。

① 亨利·沃斯利的祖辈弗兰克·沃斯利。

军界晋升的可能，他的坦率也终结了这一切。但至少，他不会再心灰意冷了。在一本书中，他草草记下了沙克尔顿在"坚忍号"沉没后总结的经验："若想全力以赴奔向新的目标，就必须将旧目标抛于脑后。"沃斯利突然想到，如果他真的晋升了，反而没时间准备之后的探险计划，更遑论成为心目中的探险家了。"他突然意识到可以实现这些梦想。"乔安娜回忆道。

等沃斯利从阿富汗归来时，高已经找到了第三名队员：亨利·亚当斯（Henry Adams），一名32岁的海事律师。从探险者的角度考量，亚当斯似乎显得有些细皮嫩肉、弱不禁风，但他性格和善，而且做起事情来非常专注。更重要的是，他是当年"猎人号"南极探险队副指挥詹姆森·博伊德·亚当斯的曾孙。

2006年4月，沃斯利与两名同伴前往巴芬岛。

① 高、沃斯利和亚当斯在格陵兰岛训练。

这里位于格陵兰岛以西900英里，属于加拿大的领土。他们跟着54岁的美国探险家马蒂·麦克奈尔（Matty McNair）训练了几周，他曾在1997年率领史上第一支全女子北极探险队。这是这些小伙子在极地环境中训练最久的一次。他们犯了些尴尬的错误，忘关炉头，差点烧掉帐篷。他们行进速度太慢，似乎都没有走过直线。有一天，沃斯利不想戴有色护目镜，结果患上了雪盲。但大家都吸取了教训，用亚当斯的话说，他们对如何"在冰上生活"有了更为透彻的理解。

然而，这趟旅程也暴露了一个亟待解决的问题：这支队伍没有真正的领导者。表面上，高是负责人，但这次探险组织混乱，导致队员之间关系紧张。此外，他们只筹集到了一小部分资金。在巴芬岛的帐篷里，沃斯利向高指出了这个问题，并威胁道如果继续维持原状，他只能退出探

① 在格陵兰岛沿岸的一座冰山下扎营。

险队。"沃斯利没有回避这个问题。"亚当斯回忆说。经过一番考虑，高决定让沃斯利负责。"鉴于他有军事背景，这个决策很合理，"高回忆道，"亚当斯和我都太年轻，不知深浅，很乐意有个经验丰富的老炮儿能带领我们。"

在他们开始南极探险之前的两年时间，沃斯利全力以赴地准备。每天深夜，在完成部队的任务后，他会写信寻找潜在的赞助商，并与他们会面洽谈。"只要他走进会议室的大门，就总会带着资金走出来，"他的儿子麦克斯回忆道，"你能感受到他的激情和热血。其他人也会被感染。"

就像制订进攻计划的将军一样，沃斯利会花几小时仔细研究地图，为探险队制定一条精确的路线。他对南极研究得越多，就越敬畏这片土地。这片近550万平方英里的陆地比欧洲的面积还要辽阔。到了冬季，沿岸的海水结冰后，其面积还会再扩大一倍。整个南极洲约98%被冰面覆盖，且地势起伏蜿蜒，地形复杂多变。这片有些地方厚达15000英尺的冰层，储藏着地球上大约70%的淡水和90%的冰。

然而，南极洲因降水稀少甚至被归为沙漠地带。它是世界上最干燥、海拔最高的大陆，平均海拔高达7500英尺。这里的风力也最为猛烈，阵风时速高达200英里。这里还是地球上最寒冷的地方，内陆地区温度低至零下75摄氏度（火星的地表平均温度为零下67摄氏度，科学家曾在南极地区测试登陆火星的宇航服）。

沃斯利、高和亚当斯计划在新西兰以南的罗斯岛开启他们的探险旅程。小岛被罗斯冰架覆盖。罗斯冰架横跨罗斯海，是世界上最大的浮冰体，其面积超过18万平方英里，平均厚度超过1000英尺。相较于南极大陆的其他地方，在夏季走海路更容易抵达罗斯冰架。这里地势平缓，且绵延近600英里直抵南极大陆的中心，因此，在南极探险的黄金时代，这里也是南极竞赛的起点。沙克尔顿、斯科特和阿蒙森都曾在罗斯冰架开启他们的探险旅程。

正如这些过往的探险家，沃斯利和他的团队计划向南穿越冰架。这段旅程近400海里，直抵将南极大陆一分为二、一路延伸到威德尔海的横贯南极山脉。要到达地貌特征较少的大陆冰架高地，南极点的所在处——南极高原，探险队必须穿过海拔近15000英尺的山脉。在"猎人号"远征时期，沙克尔顿发现了一条极罕见的通行路线：这是一条被冰川覆盖的山谷，长125英里，宽25英里，就像是一条穿行于群山之间的冰冻河堤大道。"在我们眼前，通往南极点的路一马平川。"沙克尔顿写道。

① 比尔德莫尔冰川,沃斯利称其为"死敌"。

尽管如此,这条名为比尔德莫尔的冰川——当年沙克尔顿以探险队赞助人、苏格兰实业家威廉·比尔德莫尔(William Beardmore)的名字命名了这条冰川——仍然危机四伏。这里海拔高达8000英尺,冰面布满裂缝。沙克尔顿最后一匹满洲小马就掉进了其中一条裂缝。在斯科特后来的探险中,有名队员掉进裂缝后头部受了致命伤。史上仅有12个人顺利地穿过了这条冰川——与登月的人数相同。沃斯利把这条冰川看作"死敌"。

如果他和队员顺利穿过这里,他们就到了南极高原。他们将攀登高达10000英尺的泰坦冰穹,来到沙克尔顿抵达过的最远地点:坐标东经162°,南纬88°23′。而后,沃斯利团队将穿越余下的97海里,最终抵达海拔约9300英尺的南极点。

"我的每一分钟闲暇时光都花在了这个计划上,孩子们常把'该死的沙克尔顿'挂在嘴边。"沃斯利写道。2008年10月,他和队员们准备正式开启这项名为"沙克尔顿百年远征"的计划。远征前夕,沃斯利和家人提前聚在一起过圣诞节。尽管多年以来,亨利总是与乔安娜讲述完成南极探险的荣光,但在她看来,南极仍然是世界上最险恶的地方。不过她也相信,借用托马斯·品钦[1]的话来说,"每个人心中都有一个南极",人们会借此找到内心的答案。对于她的丈夫来说,他心中的"南极"就是南极本身。因此,她还是祝他们一切顺利,尽管这次探险可能会夺走她心爱的人。

沃斯利的决定对于孩子们来说更难理解。当

---

[1] 美国后现代主义作家,著有《万有引力之虹》等。下文关于南极的表述出自他的长篇小说处女作《V.》。

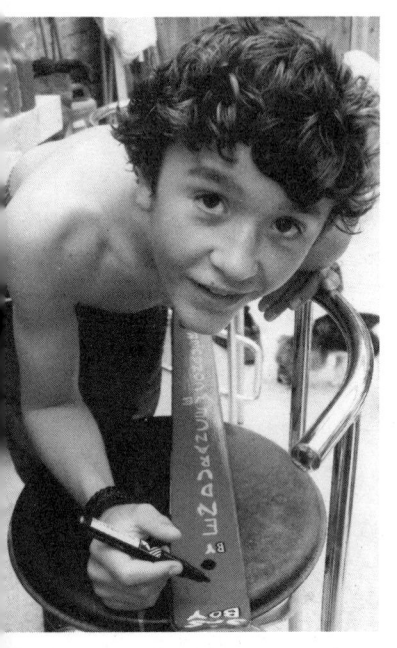

① 艾丽西娅和麦克斯在父亲的雪板上涂写了几句话，其中一句引用了沙克尔顿家族的箴言——"坚忍制胜"。

时12岁的艾丽西娅以为父亲的雪橇不过是用来玩的玩具。一家人交换圣诞礼物的时候，14岁的麦克斯似乎有些不安。这与部队派遣父亲去执行任务不同——父亲以前是没办法才离开的，而这次探险则是他对某种内心神秘召唤的回应。南极一直存在于麦克斯的想象中，他还为此写过一首关于南极的诗。对于父亲即将开启的旅程，他又写了一篇小文章。"我从小就听过很多关于沙克尔顿的故事，随着年龄的增长，我开始更加理解、钦佩沙克尔顿，"他写道，"我为父亲感到高兴，他正在做自己一直想做的事情，但我也很担心他。即便是在世界上最荒凉的地方，也有从冰川上滑坠或掉进冰裂缝的风险。"

乔安娜开车送丈夫去了机场。她在机场哭了。他对她说不要担心，还引用了沙克尔顿的那句话："好死不如赖活着。"

ANTA

第六章 湿了就死定了

Get Wet and You Die

2008年10月30日,沃斯利、高和亚当斯抵达智利南端的蓬塔阿雷纳斯。他们去了南极物流与探险公司(Antarctic Logistics & Expeditions)的仓库。每年夏季都有3万到4.5万名游客到南极大陆游玩,几乎所有游客都会选择乘坐小型游轮。沃斯利等人雇佣南极物流与探险公司的团队为他们提供后勤服务,并搭乘该公司的飞机飞到起点罗斯岛。

在仓库里,沃斯利和队员开始为这次探险整理冻干脱水食物。他们面临着一个困扰了几代极地探险者的难题:用雪橇只能装载有限的补给,仅凭这点食物,他们很容易饿死。在"猎人号"远征探险期间,沙克尔顿无不悲情地写道:"多希望人能拥有无限的时间和补给,这样我们就能彻底破解这片伟大而孤独的大陆的奥秘了。"

沃斯利预估这趟探险旅程需要九周。每个人

最多携带约140千克的物资，其中还包括雪橇的重量。他们精简了物资，只保留必需品。沃斯利打包了自己的份额，把食物密封在10个袋子里——每周用一个，以防紧急情况，留一个备用。他的衣物有两条裤子、一件抓绒衫、一件连帽羽绒服、手套、脖套、面罩、两条保暖长裤，以及三双袜子。他带了越野滑雪板和登山杖。为了应对攀登地形，他还准备了冰爪和绳子。作为唯一接受过急救培训的队员，他还带了装有抗生素、注射器、夹板和吗啡的急救包。他还专门腾出空间，带上了日记本和《南极之心》。不仅如此，他小心翼翼地装了一件自认为最重要的装备：一部太阳能卫星电话，它不仅能录制简短的音频素材，还能每天和南极物流与探险公司的接线员同步进程，汇报他们的坐标方位和身体状况。如果队伍连续2天失联，南极物流与探险公司就会派出一架搜救飞机——沃斯利称之为"世界上最昂贵的出租车"。

这帮男人还带上了堪称奢侈品的iPod、一副扑克牌和几件纪念品。沃斯利带了个信封,里面装满了家人和朋友写的信,乔安娜让他在急需鼓舞的时刻再打开。他的前胸口袋里装了件更珍贵的东西:沙克尔顿在探险中使用过的铜制指南针。亚历山德拉·沙克尔顿让沃斯利带着它,希望这一次,这枚指南针能到达南极点。

对沃斯利来说,走近沙克尔顿就是走进自己的内心世界。在探险网站的一次采访中,他谈到了自己最欣赏的沙克尔顿的品质,比如他的"乐观和耐心"、他的"勇气",以及当队员生命岌岌可危时,让他们坚信"能够险中求胜"的才能。

这次远征探险远比在部队指挥士兵复杂得

多。在南极，他的权威有待巩固，毕竟他也只是勉强获得了领队的资格。作为一名极地探险家，他的经验并不比其他队员丰富多少。然而，他依然觉得自己身上肩负着要对队员生命负责的重担。他与高、亚当斯约定：彼此之间不能再有任何骄傲自满的心态，如果有人感觉不适或认为速度太快，他会义不容辞地帮他人分担一些负重。

2008年11月10日，南极物流与探险公司的航班准备起飞。沃斯利梦想了数十年的南极之旅终于开启。

这架飞机是苏联设计的巨型运输飞机，其声音嘈杂到沃斯利等人连自己说的话都听不清。飞行四个半小时后，飞机把他们载到南极大陆一侧，位于合恩角以南的南极物流与探险公司营

① 在罗伯特·福尔肯·斯科特的首次南极探险中,一名掉入冰裂缝的队员正被队友拉出。

地。他们在一条结冰的跑道上滑行着陆。天气转晴后，他们再登上一架带有雪橇的小型双螺旋桨飞机。飞越这片大陆上空时，他们透过窗户凝视着冰层上沟壑纵横的裂缝。"目之所及，随处都有小教区大小的裂缝，"沃斯利写道，"就在那一刻，我们才真正打心底意识到自己将面对什么。谁都没有说话。"飞机向西南方向飞行了11小时，飞越1200多英里后，最终在罗斯岛附近的海冰上着陆。"天哪，我们终于来了。"沃斯利惊呼道。

多年以来，他一直在脑海中幻想着南极的样子。从飞机里钻出来后，他穿着靴子，兴奋地踏在3英尺厚的冰层上。温度大概有零下14摄氏度，他的鼻孔有种灼烧的感觉。此时近黄昏，夏季的阳光却依然耀眼。他眺望着罗斯岛上的两座火山，它们如同灯塔般指引着探险者。一座是海拔超过10000英尺的休眠火山惊恐峰（Mount Terror），还有一座是海拔超过12000英尺的活火山幽冥峰（Mount Erebus）[1]。冰封的锥形山体上飘出滚滚黑烟。

在他们不远处，企鹅用肚皮滑过冰面——看来这个世界并没有那般死寂。在岛屿南端约22英里外，是1955年由美国政府建立的麦克默多站。自建立伊始，麦克默多站便成为极地科研的中心。每年夏季，约有1000人居住在这个基地。这里是南极洲人口最多的地方。基地的发电站和宿舍都覆盖着冰霜，看上去就像脏兮兮的路边服务站。

一行人朝着岛内走去。他们翻上山脊，俯瞰碗状的山谷。沃斯利突然停下脚步。在他们下

---

[1] 两座火山以英国北极探险队的船舰"惊恐号"与"幽冥号"命名。幽冥峰即埃里伯斯火山。——译者注

🕐 高、亚当斯和沃斯利在罗斯岛。他们正站在斯科特团队1902年竖立的十字架旁,这处十字架是为了纪念一位意外落海不幸溺亡的队员。

方，在火山岩和冰雪之间矗立着一栋孤零零的小木屋。小屋还装了百叶窗和铁烟囱。无须多言，他们都知道。这是沙克尔顿和他的探险队在1908年2月建造的小屋。在出发穿越南极之前，探险队就在这里度过了那年冬天。沙克尔顿称这处小木屋为"寄托着所有希望与梦想的麦加圣地"。2004年，一支环保小队开始修复这栋小屋。在沃斯利看来，小屋看上去仍是《南极之心》中那张满是噪点的照片中的样子。

高跑过去开门，沃斯利和亚当斯接连走进屋内。沃斯利在昏暗中看到了"猎人号"远征队遗留在这里的物品，就好像那些人只是暂时离开。屋里有罐头食品，有鞋带磨损的皮靴，还有标着"腹泻"字样的蓝色药瓶。房梁上悬挂着两副雪橇板，墙上还挂着一幅亚历山德拉王后的镶框照片。沙克尔顿曾在日记中写道，在他们出发

🕐 沃斯利到访沙克尔顿的小屋后写道:"我唯一能做的,就是追随他的脚步走到南极点。"

之前，一道光扫过这幅照片。他认为这是个"好兆头"。

高望着这幽灵般的景象，不免倒吸一口凉气。亚当斯找到了曾祖父睡过的那张床，沃斯利则搜寻着房间里每一处阴暗角落，就像是在坟墓里到处寻觅似的。"我还是无法走进导师的内心世界，"他后来写道，"我唯一能做的，就是追随他的脚步走到南极点。"

那天晚上，这帮男人睡在木屋里。他们钻进睡袋，躺在冰冷的地板上。沉默的气氛暴露了他们内心的紧张情绪。第二天早上，11月14日，沃斯利第一个起床。"我根本睡不着，"他写道，"任务的艰巨性几乎将我吞噬。"他穿上靴子，溜出帐篷，给南极物流与探险公司的接线员打了个电话。"来自沙克尔顿百年远征队的第一份报告，"他说，"我们几小时后就要出发了。一切安

① 沃斯利、高和亚当斯在南极探险路线的起点附近。

好。身体无恙。"

"好的，"接线员回复，"祝你们旅途顺利。"

沃斯利的同伴们都醒了，三个男人就像木乃伊似的把自己裹了一层又一层，然后把补给装上雪橇。沃斯利先是确保重量均匀地分配在雪橇上，再用一张防水布盖住这些物品。他的雪橇看起来就像一枚鱼雷，上面写着"总是走得再远一点"和"坚忍制胜"。沃斯利把雪橇的绳子绑在腰间的安全带上，再把靴子卡在雪板上。他看到家人在雪板上涂写的话——"不要放弃""加油，大个子"。

上午10点，也就是沙克尔顿当年出发的时间，沃斯利和队员穿好安全带，开始了他们的长途跋涉。沃斯利心想，他几乎一生都在等待这个时刻。然而，当他拖着沉重的雪橇，竭尽全力向前挺进时，心中又有些许踟蹰："我的顾虑太多了。我担心辜负团队,担心受伤,担心让所有支持我们的人失望,担心我的体能压根儿就不行。简单来讲,我就是害怕失败。"

总体而言,南极大陆的地表平坦而光滑,他和队员势头凶猛地一路向南,向罗斯冰架挺进。沃斯利相信大家都记住了马蒂·麦克奈尔的建议。在巴芬岛的时候,马蒂告诉过他们:"待在一起,永不分开。"她还反复向他们强调另一个铁律:"一旦衣服湿了就死定了。"

走了几英里,他们看见另一栋荒凉的小木屋。1911年,在那趟有去无回的南极点探险之旅中,罗伯特·福尔肯·斯科特和队员们建造了这栋木屋。木屋的墙壁被冰雪覆盖,就好像丛林里的藤蔓爬满了玻璃窗。在小木屋里,沃斯利和队员们找到了当年斯科特研究地图用的海图桌,还有劳伦斯·奥茨(Lawrence Oates)船长睡过

① 驻足在浮冰之海中。

的床铺。当年在从南极点回去的路上,奥茨船长走出帐篷,说了句:"我出去一下,过会儿再回来。"然后就再也没有回来。

沃斯利扫视着这些物品,心中有些不安:"我无法抑制内心的悲伤与无力感。"队员们很快又跋涉在祖辈走过的路上了。这条路早已被风雪磨蚀得不留任何痕迹。沃斯利和队员们刚踩下的脚印,也渐渐随风消逝。微小的冰粒裹挟在风中,如灰尘般打转。他们用指南针确定向南的行进方向。在干燥而寒冷的天气里,他们喘着粗气,浑身冒汗。历经7小时的艰苦跋涉,沃斯利下令当天的行程到此为止。他们已经走了将近8海里。要想在1月9日前到达97海里的大关,队员们平均每天要行进10至12海里。不过这也算是个不错的开头。

他们开始了一系列烦琐的扎营流程:搭起长

① 从帐篷内向外望去。

约14英尺、宽约7英尺的帐篷;整理雪橇上的食品;挤进帐篷,脱掉滑雪靴和汗湿的袜子,再把袜子和其他潮湿的衣物一起挂在头顶的晾衣绳上;检查自己的身体是否有冻伤的迹象,换上干袜子和营地靴;打开炉头,化雪烧水,再把热水倒进冻干的脱水食物袋里。

大家一边吃饭,一边聊着相对"温暖"的天气——南极的温度已经高达14摄氏度。亚当斯在晚间的广播中说,他们有幸沐浴在"美丽的阳光里,正如一百年前沙克尔顿南极探险的第一天"。然而,亚当斯私下里向沃斯利和高坦言,他觉得自己拖着雪橇的样子就像个业余新手,内心有种深深的不安。"他说得没错,也很坦诚,"沃斯利写道,"谁知道在接下来的两个月中,我们会变成什么样子。"

晚饭后,他们用牙刷蘸着雪刷牙。沃斯利认

为，这是一件保留人之为人体面感的必要之事。接着，他们在逼仄的空间里把睡袋摊开。沃斯利并没有马上钻进去。尽管此刻他肌肉酸痛，外面温度也开始下降——太阳正与地平线亲密接触——他还是会在傍晚时分出去散散步。他决定将此作为日常的仪式，就像一个通过高度自律来悟道的神秘主义者。南极的严酷环境似乎只会加深他的痴迷程度。他时常在外面捡起一些小玩意儿——或是企鹅头骨的碎片，或是一块小石头——再把它们装进袋子里，即便这些东西会额外增加重量。"我们常常取笑他总带着这些没人要的垃圾。"高回忆道。

沃斯利漫步了20分钟左右，回到帐篷，钻进睡袋。他们身边都放了个塑料瓶，其作用就像亚当斯所说的，以防大家入夜时"感受到自然的召唤"。入睡前，沃斯利在日记中做些简短的记录,最后他引用了沙克尔顿的话做结尾:"祈祷我们此行定会成功,只因我心系此事已久。"

在8天之内,他们行进的距离超过了75海里。沃斯利逐渐意识到罗斯冰架的面积太大了——比法国的国土面积还大。沙克尔顿将其描述为"死寂而光滑的白色平原,诡异得难以形容"。沃斯利和队员走成一列,彼此之间很少交谈,耳中只有雪橇的闷响与iPod里的音乐。亚当斯喜欢听作曲家拉赫玛尼诺夫的《晚祷》;高有时会迈着沉重的步伐,沉浸于阿尔弗雷德·兰辛的有声书《熬:极地求生700天》;沃斯利的播放列表中有布鲁斯·斯普林斯汀[1]的歌曲,还有

---

[1] 美国摇滚歌手。下文提到的两首歌曲均出自斯普林斯汀2006年发行的专辑《我们终将胜利》(*We Shall Overcome: The Seeger Sessions*),这张专辑由斯普林斯汀集结多名乐手共同完成,乐手组成西格演绎乐队(The Seeger Sessions Band),旨在向美国民歌歌手皮特·西格致敬。

① 每个人翻过雪面波纹时都有自己的策略。

① "待在一起,永不分开"是他们的准则。

西格演绎乐队的《矢志不移》("手执福音之犁，不带任何东西踏上旅程")和《我们终将胜利》("我们不会畏惧，我们不会畏惧")。

沃斯利的眼中别无他物，唯有冰雪。他成了一名冰雪鉴赏家。这里有嘎吱作响的雪，有粉状的雪，还有硬壳状的雪。大风把雪面吹成海浪，形成所谓的雪面波纹（sastrugi），有时高达14英尺，有时成排绵延至天际。（亚当斯在广播中指出，每个人翻过雪面波纹时都有自己的策略："亨利会在上面走出人字形的纹路。威尔则死磕硬上。我会尝试顺着它的波纹前行。"）还有一种深如泥泞的冰地，这是最痛苦的地形，走起来就像拖着犁具走在湿乎乎的沙地上。在前面开路的人最累，每过一小时，三人就会轮换打头阵。

他们每天要消耗6000至8000卡路里[1],所以每隔一段时间就要停下来喝点能量饮料,吃些高脂肪食品,比如萨拉米香肠、坚果和巧克力。即便如此,他们还是会掉体重。沃斯利明白,保持积极的心态至关重要。他回忆起往昔的美好时光,比如全家一起去度假,或是在花园里种蔬菜。他渐渐习惯了这种反差,身处陌生的环境,变得无足轻重,却又敏锐地觉察到自己的身体:每一块疼痛的肌肉,每一个关节,每一下呼吸,每一次心跳。他说,尽管困难重重,但还是喜欢突破自我,因为你面前是一片"无尽的远方"。

有一天,亚当斯看到远处有什么东西从冰面上露出来,在刺眼的阳光下闪闪发光。"那是什么?"他问道。

---

[1] 能量单位,千卡的简称,1千卡约等于4.18千焦。

"不知道。"沃斯利说。

他们走到近前,发现原来是个记录温度、风速等数据的气象仪。机器上的牌子标着该装置属于威斯康星大学。他们继续前进,但自那之后的几小时里,沃斯利大感恼火,愤慨于人类文明的入侵。等他回头发现机器已从视野中消失,才真正松了一口气。用他自己的话说:"又恢复成了一幅完美无瑕的画布。"

暴风雪骤然来袭。气温降至零下22摄氏度,寒风刺骨,夹杂着冰粒,像玻璃碎片般刺痛双眼。这天是2008年11月28日,沃斯利一行人出发已经两周了。他们向前弓着身子,狂风几乎把他们压垮。沃斯利当机立断,队伍必须停下来休整一天。帐篷刚一展开,刹那间差点就被卷入那片白茫茫的混沌之境。他们用冰钉固定住帐篷的

① 遭遇白茫天气,沃斯利写道:"仿佛我们的到来触怒了造物主。"

四角，把雪裙埋在雪下，用雪橇挡风。他们急忙钻进帐篷，靠在一起，畏畏缩缩地蜷成一团。帐篷的尼龙面料被狂风吹得猎猎作响。

沃斯利打电话给南极物流与探险公司，告诉他们行程临时有变。"我们被暴风雪困住，今天不会再往前走了。"他说。

"我能听见风声。"接线员回复道。

暴风雪愈演愈烈，狂风呼啸，风速高达每小时50英里。帐篷四周，冰粒在空中飞舞。沃斯利写道："仿佛我们的到来触怒了造物主。"第二天他们醒来时，暴风雪更加猛烈了。亚当斯在广播中说："我们继续被困在帐篷的结界里。"他们还记得，1912年，罗伯特·福尔肯·斯科特一行人在从南极点返程的途中全军覆没，当时的位置就距他们现在不到10海里。"每每想到这件事，我们就会变得非常非常警觉。"亚当斯补

🕐 沃斯利在日记中写道:"祈祷我们此行定会成功。"

充道。

这次营地真的被掩埋于冰雪之中了。帐篷里弥漫着体汗、脏袜子和炉子燃料的臭味。沃斯利——高和亚当斯现在称他为"将军"——试图营造出一种轻松愉快的氛围。男人们聊天、看书、打牌来打发时间。他们自称为"南极麦芽威士忌鉴赏协会"的创始成员。据协会规定,每周四晚,探险者们都会喝掉一整瓶高带来的威士忌,第二天早上还会多睡两小时。即便这天是周六,他们还是把酒言欢,用烈酒暖身。沃斯利在部队里磨炼出了一种黑色幽默,明明身处险境却还能开得了玩笑。只要他们还能拿死亡开玩笑,这里就还有生活的气息。在之前的一次广播中,沃斯利说"我们现在士气高涨",又补充道,"我们刚吃过晚饭。威尔在抠脚,亨利·亚当斯在写日记。明天我们再继续汇报情况。在此之前,我们先在罗斯冰架道声晚安"。

又过了2天,风雪渐小。他们拉开帐篷,凿穿一堵高5英尺、厚4英尺的冰墙。他们挖了一个多小时,最终像越狱的犯人一样沐浴在耀眼的阳光里。他们收拾好物资,加紧赶路,想把耽误的时间追回来。

在一个阳光明媚的日子,他们终于眺望到了横贯南极山脉——正如沃斯利在广播中所说,"在地平线上,那排顶峰直刺云霄"。12月中旬,也就是南极探险的第四周,他们已经穿过了罗斯冰架,来到了山脚下。由于冰川不断流动,从这里开始,地势抬升,地表沟壑纵横。"复杂的地形只能说明一件事——这里是危险的裂缝区。"沃斯利写道。

次日,沃斯利不顾危险,依旧在饭后散步,还收集了一些岩石标本。为了侦察前方的路况,

① 他们每天要消耗6000至8000卡路里,体重迅速下降。

他又多走了几个小时，还爬上了一处小岩架，站在上面向南望去。他面前的比尔德莫尔冰川笼罩在一片薄雾之中。"我凝望着那片幽暗之地，想知道前方会有什么艰难险阻。"他写道。

等回到帐篷时，天色已晚，亚当斯说："啊，将军，我们还以为你这次有去无回了呢。"

这帮男人收拾好东西，徒步到冰舌处。亚当斯抬起头，感受到一股"末日般的恐惧"。他们每拐个弯，都遇到一处障碍物：或是一堵大冰墙，或是一条冰瀑般的高耸冰坡，或是一座横跨裂缝的雪桥。用沃斯利的话说，有些裂缝"宽得足以吞没一辆汽车"。有些只有几英尺深，却足以摔断脚踝或扭伤膝盖。但凡其中一人受伤，方圆几英里之内可没有救援飞机降落的地方。南极物流与探险公司的一位医生警告过他们："你们要么自己走出去，要么就会走不出去。"

沃斯利认为他们没法蹬着滑雪板前进了。他们绑上冰爪，穿上攀登用的安全带，反复检查冰锥、扁带和锁具。之后，三个人结组在一起：沃斯利在前，高和亚当斯紧随其后。他们缓缓地爬上冰川，身后的雪橇就像是被拖过海底的船锚。

那些天度日如年，几个人爬得筋疲力尽。沃斯利负责在前方开路。他每走一步，都要在前面插一下登山杖，看看冰面是否结实。每捣出一条裂缝，他都会探出身子，望着那地下世界——裂缝迂回至幽暗之处。"南极干掉你的方式有两种，"他写道，"它会让你在漫长的时光里饱受饥饿、寒冷和疲劳，总是暴露在恶劣的环境中。它也会在刹那间吞噬你。"有一次，沃斯利在爬了一整天之后，正要去拿雪橇上的睡袋。突然，他右脚下的冰面裂开了，一腿陷了进去。亚当斯赶紧跑过去把他拉了出来。沃斯利后来写道，每当

① 只要一步踏错，整个人就会消失在那些裂缝之中。

你逃过一劫的时候,"都觉得这次好运气该用光了吧"。

很快,他们脚下出现了颇为惊艳的景象:一片蓝冰。积雪在冰川上堆积,历经数千年挤压形成了蓝冰。这种蓝冰密度非常大,没有气泡,且吸收了长波光,因而呈现出迷人的蓝色。然而,他们很快发现,蓝冰的美是有欺骗性的。"它就像混凝土一样坚硬,"高回忆道,"比混凝土还要硬——真的是难以形容的硬。"

没过多久,冰爪上的铝齿弯曲、断裂了。他们一次又一次地滑倒,身体撞击在冰面上,雪橇把他们拽下山去。"太痛苦了,"沃斯利写道,"我被拽着滑下去,身体紧贴着冰面,滑过每一处凶险的冰脊。"他们磕得青一块紫一块的,还流着血。男人们在寒风中叫骂着。"比尔德莫尔冰川把我们玩弄于股掌之中。"沃斯利写道。

① 穿越比尔德莫尔冰川。

有一天，他们在冰川中段向南挺进时，亚当斯不耐烦地说："我认为这条路的方向完全不对。"他指着远处的一条冰川说："我们应该去那儿。"高觉得他们应该保持原路继续前进。沃斯利既怕队伍产生分歧，也怕走错路，他声色俱厉地对亚当斯说道："听着，哥们儿，我们要继续往南走，之后再爬上去。"

亚当斯安静下来，没再争辩。"亨利的话冷静且不容置疑。"亚当斯回忆，"他决策果断。有时是对的，有时也未必正确。其实他自己也不知道，因为大家都身处迷宫之中。但他会做出决策，并听取我们的意见，和我们商量，我们心里面就很容易接受他的领导。"

12月24日，攀登了9天之后，一行人终于到达了冰川顶部。他们往西可以眺望到亚当斯山脉。这条山脉以亨利·亚当斯曾祖父的名字命名。沃斯利在广播中说:"今天是平安夜,今天……我们终于告别了比尔德莫尔冰川,"他接着说,"我们每一英里都走得很艰辛,这也是为什么我认为这段旅程值得铭记。"

圣诞节的早晨,他们的早餐不再是脱水麦片粥,而是特别准备的香肠、培根和豆子。他们又效仿沙克尔顿和队员节日庆祝的传统,抽着雪茄,每人吞一茶匙薄荷酒。沃斯利给乔安娜和艾丽西娅打了电话,祝她们圣诞快乐。艾丽西娅曾在父亲的滑雪板上涂上"你是最好的爸爸"。这天,她问父亲,过"白色"圣诞节是一种什么样的体验,还说自己非常想念他。然而,麦克斯却不想接电话。圣诞节这天父亲不在家,他还在为这件事赌气。

沃斯利随后又打电话给自己的父亲,希望能与他分享登顶冰川的喜悦。然而85岁的理查德·沃斯利有阿尔茨海默症,当儿子告诉他正在南极时,他问道:"你跑那儿去做什么?"

第二天一早,在南极探险的第43天,沃斯利、亚当斯和高开始了他们的下一段征程。他们已经穿越了489海里。要想在2009年1月9日,也就是两周后抵达沙克尔顿到达的最远点,接下来他们每天都要徒步16海里。在12月27日的广播中,沃斯利重复着沙克尔顿的话:"上帝保佑,愿通往南极点的道路一马平川。"

然而,当他们登上泰坦冰穹时,他们遭遇了迄今为止最恶劣的天气:飓风级别的风暴,以及大风造成的零下60摄氏度的低温。他们吸入冷空气后,肺部有种灼烧的感觉,就好像在喷火。在12月28日的广播中,高说道:"迎接我们的是目前为止遇到的最严重的白茫天气,"他补充道,

⏱ 在寒冷刺骨的狂风中钻进帐篷。

"我们只能看见滑雪板的板尖。"

沃斯利密切地关注着队员们的状况。他们早已不是从伦敦出发时那般意气风发的探险家了。每个人都瘦成了皮包骨,眼窝深陷,胡子拉碴,凌乱的头发中还夹着碎冰。由于长时间行走在白茫天气中,亚当斯患上了晕动病。"我在动,大地也在动,"他回忆道,"感觉自己就像是在海上漂浮不定的乒乓球。"高的脸冻伤了。他的耳机里播放着布鲁斯音乐。用他自己的话说,他正努力保持"一丝清醒"。

沃斯利试图保持乐观的心态,尽可能地宽慰队员,不时伸出援手帮忙背负一些装备,或是借给他们沙克尔顿的指南针一用,佑护他们平安好运。但到了12月31日,就连沃斯利自己也在艰难而挣扎地跟上队伍的节奏。他身体里的脂肪消耗殆尽。"很快就演变成了一场赤手空拳对抗疲

① 沃斯利写道:"很快就演变成了一场赤手空拳对抗疲劳的残酷战斗。"

劳的残酷战斗,"他写道,"我的力气耗光了,能量随风消散了。双腿再也快不起来了。每一步都迈不远。我走不动了,速度越来越慢。"

元旦那天,他又掉队了。等他赶上后,亚当斯说:"将军,我帮你背点东西吧。"

尽管在探险伊始时大家已达成共识,沃斯利却说:"不行。大家现在都筋疲力尽了,凭什么要你来帮我背?"他坚持道,"我自己想办法。自己的问题自己解决。"他戴着手套,指着自己的太阳穴说:"关键就在这里。"

他明白,自己是被自尊心蒙蔽了双眼。正如后来他写道,他不能"承认自己的弱点"。而且,他不仅没接受亚当斯伸出的援手,为了减轻一点点负重,他还扔掉了自己的应急补给。他知道这很冒险:"一旦我们要1月18日之后才能到达南极点……我就会挨饿。"

2009年1月5日,他在帐篷里打开了乔安娜留给自己的那封信。其中有一些鼓舞人心的话,他大声朗读温斯顿·丘吉尔的名言:"我们是自己命运的主人。这眼前的重任,并非超出我们的能力范围。这千辛万苦,并非我们所不能忍受。只要我们坚定信念,带着攻无不克的意志,胜利必将属于我们。"

"再念一遍吧,将军。"亚当斯央求道。

沃斯利又读了一遍,接着,他们都昏睡了过去。

他们醒来后,外面又是白茫茫一片。亚当斯开始呕吐,他的晕动病更严重了。用沃斯利自己的话说,他从来没有感到过"如此虚无,如此乏力,如此有挫败感"。他对亚当斯说要和他换一下雪橇,因为亚当斯雪橇上的气罐还没用过,比他的更沉。在这之后,沃斯利用几天来最快的速

① 沙克尔顿的队伍在南纬88°23′拍了张照片——再往南便是从未有人类抵达的地方。一百年后，沃斯利的团队也拍了一张同样的照片。

度前进。"亨利全靠自己的意志力。"亚当斯回忆道。他们还有可能如期抵达97海里的标志处。但在1月7日那天,离最终期限只剩2天的时候,暴风雪再度降临。他们被笼罩在南极的白夜之中。沃斯利对其他人说,现在要么继续前进,要么坐在这儿等暴风雪过去。但如果再等,就会错过百年纪念日。"我想继续前进。"沃斯利说。但他强调,这一决定必须得到大家一致同意。

"没问题。"高说。

"继——续——吧!"亚当斯哭喊道。

在接下来的2天里,风雪渐弱,他们徒步了不止25海里。1月9日,他们全速前进了6小时。之后,沃斯利拿出GPS,将它紧紧握住,用他的话说:"就像老人小心翼翼地端着茶杯。"高和亚当斯焦急地看着他,沃斯利走来走去,最终GPS搜到了卫星信号,屏幕上闪烁着此处的坐标方位：东经162°，南纬88°23′。

"就是这里了！"他喊道，把登山杖重重地摔在地上。"我们成功了！"他们环顾四周，打量着这片吞噬他们意志、几欲把他们诱向死亡的地方。放眼望去，这里只有荒凉的冰天雪地——所谓的壮举不过是一处地理坐标。正如亚当斯后来所说："所谓南极，不就是一张被人类赋予其意义的空白画布吗？"

此刻的气温已低至零下31摄氏度。太冷了，他们不敢多做停留。沃斯利在这里插了一面英国国旗，张罗大家过来拍照。他们拍了一张和沙克尔顿当年类似的合影。亚当斯和当年的曾祖父一样站在左边，高站在中间，沃斯利站在右边——也就是沙克尔顿当年站的位置。

沃斯利一直思索着沙克尔顿百年前面临的困境。在抵达97海里处的几天前，沙克尔顿在日记中写道:"我还无法想象自己会失败。我必须保持理智,要让队员们活下去。但如果走得太远,我们就回不来了,那么对于全世界来讲,我们全部的努力将失去其意义。"他接着写道:"人类只能拼尽全力,我们在对抗自然界中最强大的力量。"1月9日,他最终决定全员撤退。他写道:"我们已经尽力了。"

沃斯利对高和亚当斯说:"我简直无法想象,他们就这么折返,原路回去了。"

沃斯利与同伴继续向南极点徒步。他们不再沿着沙克尔顿的足迹了。令人欣慰的是,后面都是下坡路,而且食物被吃掉不少后,雪橇的载重也轻多了,轻巧地跟在几个人后面。8天之后,他们又徒步了92海里。这就是沙克尔顿与他的梦想之间的距离。那天晚上,沃斯利迈着骨瘦如柴的双腿,步履蹒跚地出去散步。他没有任何宗

① 亚当斯、沃斯利和高在南极点。

教信仰，但这里的景色让他变得无比虔诚。正如亚当斯所言："亨利感受到了南极的神性。"

次日一早，队员们离开营地，踏上了最后的5海里征程。远处，他们终于望见了南极点的地标：美国科研基地阿蒙森-斯科特南极站的模糊轮廓。几小时后，沃斯利发现雪板正踏在雪地摩托驶过的痕迹上。接着，他看到冰上堆积着一台破旧的洗衣机、一个床垫和几个被压扁的箱子。原本纯净的空气中弥漫着一股油炸食品和石油的刺鼻气味。军用飞机不时从头顶呼啸而过。"我们终于重返这个曾被我们抛在身后的世界。"沃斯利写道。

在考察站前方的冰面上，戳着一根闪闪发光的金属杆，大约齐腰高，顶上有个铜球。基地的科学家们把它当作南极点的标志。经线在这里交会，地球自转线速度归零。这根杆子放在一处不断移动的冰面上。它每年必须挪动几英尺，才能调到精确的南极点位置。

1月18日下午4点32分，历经66天的跋涉，沃斯利和他的同伴——人已消瘦、胡子上挂满冰霜的队员们——伸手抓住了这根杆子。这趟旅程接近尾声，沃斯利感觉到眼泪都快在眼睛里结冰了：自孩提时代起，他从没有过这般喜悦与轻松。此刻，被亚当斯称为"当之无愧的天生领袖"的沃斯利，欢笑着，呼喊着，拥抱其他队员。就在几年前，他们还互不相识，但现在他们已经学会了用生命信任彼此。更重要的是，沃斯利相信，他们通过恪守沙克尔顿的信条，完成了这个看似不可能的挑战。他们凭着坚忍之心取得了胜利。沃斯利在广播中宣布："来自南纬90°的信息，这里是南极点！"接着，他掏出沙克尔顿的指南针，打开盖子，让指针旋至停止。

第七章 无尽的远方

The Infinite Beyond

沃斯利本以为再也不会回到南极了。他满心欢喜地回归部队,享受着与家人在一起的时光。但渐渐地,他耳边响起了"窃窃私语般的蛊惑"。他在一本笔记中写下挪威极地探险家弗里乔夫·南森(Fridtjof Nansen)的一句话,这句话似乎彰显了他总是忍不住去吃苦受虐的内心冲动:"为了什么?是为了伟大的地理发现,还是重要的科学成果?都不是。这些都排在后面,而且它们属于极少数专业者竞逐的目标。我的这个理由,所有人都能理解。为了让人类的信念和力量压倒大自然的统治与权威。为了反抗我们单调的日常生活。为了那闪耀平川上的景色,高耸的山峰直刺寒冷的蓝天,广袤的冰原覆盖着陆地,其范围之辽阔,超出人们的想象……生存的信念终将击溃顽抗的死神疆域。"

2012年,沃斯利发起了一项新的探险计划,以纪念阿蒙森和斯科特竞逐南极点一百周年。高和亚当斯已经成家安定下来,他们不想再去南极了,于是沃斯利从部队中招募队员。他和搭档卢·路德(Lou Rudd)沿着当年阿蒙森的路线穿越,并与另一支走斯科特路线的队伍竞赛。沃斯利再次证明了自己非凡的领导才能——路德称他为"一个真正能鼓舞人心的人"。他们赢得了这场长达900英里的竞赛,并为英国皇家退伍军人协会筹集了近30万美元,以帮助那些伤残军人。

沃斯利成为人类历史上首位穿越两条经典南极探险路线的探险家。《户外》杂志称赞他为"我们这个时代最伟大的极地探险家之一",还有一位记者把他誉为"开创一切可能的先锋者"。沃斯利最近出版了《追随沙克尔顿的足迹》(*In Shackleton's Footsteps*)一书,还去各处分享他的探险经历和领导经验。他成了极少数用一

◐ 在第二次南极探险途中，沃斯利在雪地上写下的话（"我就是南极"）。

生去印证导师教诲的信徒。

2013年,他作为美国特种作战部队的英国联络官,驻扎在美国华盛顿特区。那是他的最后一次服役记录。2015年10月,在部队服役三十五年后,他将是55岁,到了当时的法定退休年龄。乔安娜陪他去了美国,她能感觉到丈夫飘忽不定的心。"你还想再去探险吗?"她问。

他说,退休那一年,正好也是沙克尔顿"坚忍号"探险的一百周年。他正在考虑进行一次穿越南极的挑战,就像沙克尔顿在沉船之前计划的那样。更重要的是,沃斯利希望能独自完成900海里的探险旅程,并且是用无后援的方式。这将是前所未有的壮举。曾负责主导南极科研工作的英国南极调查局局长保罗·罗斯(Paul Rose)评价道,这样的探险计划"闻所未闻"。另一位探险家则深信这是一项"近乎超出人类极限的挑战"。对于沃斯利来说，这次探险将凝聚他毕生的精力。这不仅是他这辈子距离最长、最艰难、最残酷的一次挑战，他还必须完全依靠自己的智慧生存下去。

然而，沃斯利对乔安娜说，只有得到她的同意，他才会重返南极。他敏锐地觉察到他的探险计划带给家人的影响。他时常纠结于表达自己的情感——好似有千言万语，却又欲说还休——在书中，他像是对家人倾诉般地写了这么一段话，并试图通过这种无须当面诉说的方式表达内心的情感。"现在回想起来，我才发现占据着我心中最重要位置的应该是什么，"他如此写道，"我现在才恍悟，我没有合理地分配好时间，没有让家人感受到他们在我心中的特殊地位。"他继续写道："极度的热爱很容易转变成痴迷。痴迷是一件危险的事情，尤其是它伤害的人,恰恰是那些长久以来无怨无悔'支持、守护着你'的人。"

乔安娜经常开玩笑说南极是丈夫的"情人"。她本以为等丈夫退休后,两个人就不会再分开了。但她从没有想过要抑制他内心的渴望——"无论去哪儿,我都会祝他一切顺利。"她曾对记者说——她明白这次仍在筹划中的探险对他来说有多重要。沃斯利这样做不仅是为了自己,他希望能为针对伤残军人设立的慈善机构奋进基金会(Endeavour Fund)筹集到10万美元。正如他后来所言:"我想给那些负伤的战友留下一笔钱。"因此,她全力支持沃斯利。孩子们同样支持他。等远征时,麦克斯就21岁了。他当时正在法国南部支援建造船只。他终于接纳了父亲的冒险精神,甚至因此崇敬父亲。他们说以后要一起来趟极地旅行。"每个人都有自己的梦想,

① 麦克斯·沃斯利后来也支持父亲的探险活动，甚至还和他一起训练。

但爸爸是那种敢于去实现梦想的人。"麦克斯说。

2015年秋,在出发之前,沃斯利和乔安娜去了趟希腊。在参观古代遗迹、在酒馆小酌之余,他们也在规划着他探险归来后要一起做的事情。他们会去印度支教贫困儿童。他们还要一起去威尼斯,他可以去那里学习艺术,她可以在当地做些慈善工作。麦克斯回忆道:"妈妈等了二十五年,就为了等他退伍后,两个人可以一起做这些事情。"

沃斯利的这次探险计划不再寂寂无闻,而是得到了媒体的曝光宣传。《格拉斯哥先驱报》报道:"无畏的前陆军军官将踏上南极穿越之旅。"《华盛顿邮报》头条报道称,沃斯利将"独自行走在地球最寒冷的大陆上"。沃斯利接受了《国家地理》杂志和英国广播公司(BBC)的采访,主持人说:"你一定是疯了。"威廉王子邀请沃斯利到肯辛顿宫,赠予他一面签名的英国国旗,让他在探险中随身携带。当年,在沙克尔顿出发前,国王乔治五世也赠予了同样一面签名的国旗。

10月20日,乔安娜开车送他去希思罗机场。考虑到他已上了岁数,并且还是单人无后援穿越,这次她比以往都更加担心。在沃斯利发布在个人网站上的一段视频中,他谈到了单人穿越的风险。他说,最大的危险是掉进裂缝:没人能把他拉出来,也没法叫救援。其他的主要风险是"严重受伤"和"恶劣天气"。但他相信,这次探险的风险系数会随着自己的精心准备而大大降低。他写道,在单人穿越过程中,"没有人能一起讨论方案,也没有人能出谋划策,但我想独自完成这些"。随后,他写得更直白:"这次探险的成败,将完全取决于我自己。"

🕛 艾丽西娅、沃斯利、乔安娜和麦克斯在肯辛顿宫,手执威廉王子签赠的国旗。

到了机场,乔安娜再也抑制不住了,他反复念叨着那句常对她讲的话:"好死不如赖活着。"之后,他吻了吻她,说:"出发!"

这一次,沃斯利的路线是从伯克纳岛出发。伯克纳岛是一座冰雪覆盖的岛屿,位于智利以南的南极洲大西洋沿岸。他要先从这里徒步570海里到达南极点,再沿着当年他和高、亚当斯探险路线的相反方向穿越,接着爬上泰坦冰穹,最后一路走到太平洋一侧的罗斯冰架边缘。其中第二段要徒步330海里。他预计这次穿越将耗时近80天。他必须在2月之前完成,否则等到冬季来临后,天气条件将变得异常恶劣,救援飞机也无法降落。就连南极物流与探险公司也会在冬季关停。等到那时,他将无路可退。

沃斯利原计划在10月21日抵达蓬塔阿雷纳

斯后，马上飞往南极。但是恶劣的天气——用他的话说，"此刻我们的上帝与造物主"迫使南极物流与探险公司把航班推迟了一周，随后又推迟了一周。"来自忍耐营的问候，"他在广播中说道，"遗憾的是，现在这里是智利的忍耐营。"

11月13日，他终于抵达了伯克纳岛，此时他的进度明显落后于原计划。他必须在2016年1月1日之前到达南极点——这个行进速度会把人拉爆。他一下飞机，就开始打包装载雪橇。由于此次探险的距离更长，雪橇竟重达约150千克——比他和高、亚当斯那次探险时带的物资还要多。"真的很担心雪橇太重了。"在探险最早期的时候，他在日记中如此写道。他注意到自己"越来越焦虑"，还提醒自己要"摒弃消极的念头"。

他出发了。熟悉的南极交响乐在耳边响起：

登山杖嘎吱作响地插在冰面，雪橇窸窸窣窣地滑过山脊，滑雪板一前一后地朝前迈进。每一次停下脚步，他都会陷入一种异样的沉默。他心中的疑虑很快就消除了。犹如精神洗礼般地徒步了一小段之后，他扎营安顿下来。这天阳光明媚，温度宜人，气温竟有19摄氏度。"能重返南极，真的是太开心了，"他在日记中写道，"还有重重困难在前方等着我，但这是个很棒的开始。一开始徒步，我的精神就振奋起来了。我想着'我能成功'。"在广播中，他将南极形容为"此刻地球上最美好的地方"。

第二天一早，他便开始了所谓"全力以赴的第一天"。这天他徒步了8小时，听着大卫·鲍伊、约翰尼·卡什和密特·劳弗的歌曲，脑袋里构思着凯旋后在演讲中要说些什么。他走了足足10海里，身体有些吃不消。"刚开始的几天真的很煎熬——真的是刻骨铭心啊。"他写道。如果他总想着这趟穿越的全程距离,那永远都无法完成,所以他只能关注当下。"我只好走一步算一步,走一步算一步,努力解决当下遇到的问题。"后来他在一次广播中说道。第三天,穿过北纬81°后,他在"麦芽威士忌鉴赏协会"内部召开了一次个人会议,用雪冰镇了一小杯酒。他知道收听他广播的人越来越多,其中还包括小学生——他称他们为"小探险家"——每天晚上,他都会不顾疲惫,播报最新的情况,解答他收到的各种问题。他回答了是否见过动物的问题("很遗憾没有"),回答了他最喜欢的冻干脱水食物是什么(意大利肉酱面),回答了一天中他最讨厌的时刻(早上准备出发的时候),以及他最享受的时刻(长途跋涉后钻进帐篷)。有人问,如果拍一部根据他的探险经历改编的电影，哪位演员最适合演他。他承认这个问题"让自己的虚荣心爆棚"——也许年轻时的自己应该让马特·达蒙来演，上了岁数的自己应该找安东尼·霍普金斯。他甚至还回答了该如何上厕所的问题。"如果想尿尿，要背对着风向，拉开拉链后再尿，"他解释道，"这倒还好。不过，如果你要上大号，特别是在刮大风的时候，你就得讲究一点技巧。当然，这里大风天很常见。你得迎着风。要抓紧你的外裤、保暖裤和内裤，尽快解决完。"一天晚上，回答完几个问题之后，他开玩笑说要在"一片白茫茫大地"的"某个地方"留下自己的痕迹。

第一周过后，他已经走了将近70海里。他向听众播报说，他现在的身材保持得不错，刚吃了一顿热腾腾的炖鸡饭，甜点是大米布丁。"我

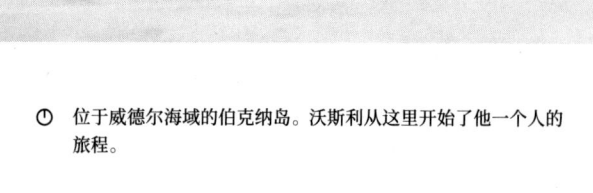

⏱ 位于威德尔海域的伯克纳岛。沃斯利从这里开始了他一个人的旅程。

现在要钻进睡袋里了。"他说。

在那之后，就像沙克尔顿的"坚忍号"远征探险一样，各种问题相继出现。11月22日，旅程刚过一周，他就被罩在一片白茫天气之中，困在帐篷里出不去。"典型的南极风暴！"他在日记中写道，那天没法再继续前进了。第二天一早，狂风足以卷飞一只小狗。一根帐篷杆被吹坏了，他要赶紧修好。"这倒是个不错的警告，让我知道谁才是这里真正的主人。"谈及南极的天气时，他如此说道："擅自闯入者必将受到惩罚。"

11月24日，他继续前进。他拖着雪橇，穿行在漫天冰雪的风暴之中。这里的能见度很低，数小时过去，他都只能看见系在胸前的指南针，以及步步向前的滑雪板——他坦言这种经历"痛苦、麻木且单调乏味"。他正在横贯南极山脉的山区中攀登。11月25日,他来到一面有数百英尺高的陡峭冰坡。他想踩着冰爪爬上去,身后的雪橇却纹丝不动。他又试了一次,雪橇还是不动。

如果他停在原地,身体很快就会冻僵。为了减轻雪橇的重量,他决定先卸掉大部分食物袋,把它们存放在一处平坦的冰面上。他开始往上爬。等翻上了山脊,他一边戴着面罩喘着粗气,一边卸下拖在身后的物资。简单休息过后,他又下去取回剩下的物资,一次又一次地往返搬运。

有一次,能见度很低,他没有注意到裂缝边缘处有道小缝隙,结果一脚踩空。他感到整个人掉进了裂缝,身边的冰雪开始塌陷。他抓住裂缝的边缘,紧紧抓住不放手,脚下即深渊,最后才把自己拽了上去。他在日记中写道,当他凝视深渊时,"猛然感到极度的孤独、脆弱与恐惧"。

他的体力比以往探险时消耗得都更迅速。不仅因为雪橇变得更重了,还因为他的行进节奏总是被打乱。他总是要独自完成一些恼人的琐事,比如晚上搭帐篷,早上打包行李。

11月30日,跋涉近三周、穿越了165海里之后,他说自己"肩膀酸疼,腰痛,不停地流鼻涕……因吸入冷空气而咳嗽"。他的腹股沟磨出了疹子,脚上满是瘀肿和水疱。他用小刀刮平靴子的衬里,希望能缓解疼痛。有一天,他莫名其妙地胃痛起来,连接雪橇的安全带时时刻刻牵拉着他的腰腹,这又加重了他胃痛的程度。

虽然他在广播中的语气轻快,日记中的文字却愈加绝望。"这是一场与疲劳的殊死搏斗,"他写道,"我真的是每走一分钟左右,就要停下来喘口气,或是为了下一分钟而攒劲儿。"又过了

① 沃斯利说道:"擅自闯入者必将受到惩罚。"

两晚，再次经历了一场白茫天气之后，他哀叹自己没力气"拖着雪橇穿过"这场暴风雪。他在日记中喋喋不休地诉说着这种煎熬："艰苦的一天""非常艰难的一天""残酷的一天""可怕的一天——在白茫天气中挣扎""又是一个可怕的天气——比昨天还糟""逆风而行""依然逆风而行""彻底精疲力竭、意志消沉"。每天早晨，他拉开帐篷探向外面，满怀希望能看到晴朗的天空，结果只看到更多他所谓的"白夜"。有时，他在这昏暗的天气中甚至看不清滑雪板的板尖。"空气就像凝固成块的奶油一样厚。"他写道。

12月1日，他冲进了一片被自己形容为"众风暴之母"的区域。他低着头，弓着身子，顶着连珠炮似的冰粒，以每小时不到1英里的行进速度艰难地爬上山。过了好几个小时，他突然停了下来。"我蜷缩在雪橇上，身上裹着羽绒服，不知道是该继续前进还是停下脚步。"他后来回忆道。风太大了,大到不知道能不能搭起帐篷,他只好继续前行。"双手冻得生疼,我得时常停下来暖暖手,"他说,"光线太暗了,有两次我一停下脚步就立马摔倒了,这就是它带给我的感官上的错觉。"

又过了一天,他磕磕绊绊地翻过一处山脊。身后的雪橇突然滑了下去,把他拽下山。他的脑袋、背部和双腿接连撞击在冰面上。雪橇连着翻滚两次,拖着他滑了20码[1]远。他跌跌撞撞后躺在冰面上,骂骂咧咧。站起来后,他紧张地检查了下气罐。只要气罐裂个口子,他就完蛋了。幸好没事。他发觉已经耽误了太多时间,便整理好安全带继续出发。

---

1 1码约为0.9米。

尽管遇到了重重险阻，他还是要按原计划在元旦前后到达南极点。似乎没有什么能阻止他。一天早上，天气恶劣到连他自己也承认"太疯狂"，但他还是出发了。还有一次，他在日记中写道："我走不动了——实在没劲了。"然而第二天，他起来后仍继续前进。12月18日，第36天，他走了17海里多点，难得走了这么远，用了15个小时。之后又是折磨人的一天。他描述道，经历了一连串的"吃点东西、弯腰前行、全速推进、绑好装备、逼迫自己、强撑下去、榨干体能、叫苦连天、暂停休息、绝望不已"之后，他告诉自己，"必须面对现实，继续往前走"。

他的生命力已然化为一个再简单不过的目标：叠加徒步里程。走到雪面波纹时，他给自己下达命令"进攻，进攻，进攻"。在一场战斗之

🕐 沃斯利每天都身处于"无尽的白夜"之中。

后,他在日记中自豪地写道,自己已经攻克了"每一座阻挡我去路的防御工事"。他又写道:"那副雪橇不再是我沉重的负担,它变成了攻城槌,帮我杀出一条雪路。"有广播听众问他是如何坚持下来的,他说,这与其说是依靠强悍的体能,还不如说是关乎"你的信念和意志有多强大,这在健身房里可是练不出来的"。

罗伯特·斯旺(Robert Swan)是一名徒步过南北极点的英国探险家。他一直在关注沃斯利的探险,并对他每日的徒步进程表示敬佩。12月5日,斯旺在沃斯利网站上的一段音频中说:"这个速度非常厉害了。"他又说道:"他此刻的状况不太好,但亨利不愧是亨利,他在努力克服这些问题。"在12月底的第二条音频中,斯旺又把沃斯利的进度比作是在等红绿灯:"在你心中,前方是一路绿灯的情况非常罕见,原因很简单,如

沃斯利庆祝自己又穿越了一个纬度。

果你看到绿灯,说明你还不够尽力……你要时刻关注自己的双脚、大腿、小腿、臀部、手臂、脖子、肩膀,你要不停地检查这些身体部位是否正常……就像亨利说的,每天的最后几小时,你都感觉自己在逼近红色警戒区。红色警戒区不是人能常待的地方,在那里身体极度消耗。很有可能冻伤。所以你一般在橙色区域的边缘,偶尔把自己逼到红色区域,之后会非常理智地从红色区域退回来,回到橙色区域。但愿等他钻到睡袋里和我们说话时,他就已经回到绿色区了。"

等到圣诞节时,沃斯利距南极点不到100海里了。威廉王子播报了一条信息:"当你在圣诞节期间拖着雪橇,在南大西洋南极大陆上的雪坡与山峰间爬上爬下的时候,我们都在惦记着你。"沃斯利打开了乔安娜和孩子们给他的包裹。里面有迷你版的经典圣诞甜点：肉馅派和水果蛋糕。艾丽西娅给父亲写了张便条，引用了电影《森林王子》（*The Jungle Book*）中的歌词："寻求生命的必需品，最简单的必需品，忘掉你的烦恼与忧虑。"乔安娜还送他一支爱慕旅程男士古龙水小样。"我猜那个时候，他的帐篷里一定很臭。"她回忆道。

沃斯利在广播中说："无论在哪儿，家里的包裹都会给予我特殊的力量，尤其是在这样的时刻。今天早上的包裹对我来说更是如此。"

他通过卫星电话跟在伦敦的乔安娜和艾丽西娅通话，又给在法国的麦克斯打了电话。在整个旅程中，沃斯利都在日记里记录下了与他们的每一次通话。有一次，和乔安娜打完电话后，他写道："我真的很爱她。"还有一次，他收到了艾丽西娅的信息。她写道："我一直在想念你，前所未有地爱你。"于是他记录下"来自小虾米的甜蜜短信"——"小虾米"是他对女儿的昵称。他还提到一天早上与麦克斯的谈话"让我精神振奋"。圣诞节那天,他在日记中写道,"能听到他们的声音感觉真好"。

尽管这天是圣诞节,沃斯利还是徒步了12海里。当天晚上,他躺在帐篷里,抽了一支雪茄,甜甜的烟雾弥漫在空气中。他享用了一顿圣诞晚餐。他说,这里就像个"小天堂"。

很快,他就爬到了与南极点近乎持平的海拔9000英尺。他太累了。有一次在吃路餐的时候,他吃着吃着就坐在雪橇上睡着了,尽管当时寒风刺骨,气温低至零下22摄氏度。"我的体力可能彻底被榨干了,"他在一次广播中说,"但也许我还有斗志,我给自己的心脏、神经和肌肉加油鼓劲,要坚持下去。"他不断对自己复

① 在孤身穿越南极之前，亨利和乔安娜去希腊游玩。

述那句话："要实现生命所赋予的价值。"

2016年1月2日,他抵达了南极点,仅比计划晚一天。他受到了来自科考站工作人员的热烈欢迎与美好祝福。他们是他51天以来见到的第一拨人。但这并不是他这次探险的极点——只是第一阶段的结束。而且,由于是无后援的方式,他都不能进科考站吃一顿热饭,甚至不能冲个澡。"走到这里却不停留,真奇怪啊,"他在日记中写道,"好想留在南极点——吃点东西,再睡个好觉。"但他像往常一样搭起帐篷,继续过着他自己选择的那种流放般的生活。

他在广播中对听众说:"正是有了你们的支持,我才能走到这里,我亏欠你们许多。你们的鼓励支撑着我熬过许许多多黑暗的日子,我再怎么感谢都不为过。但我最要感谢的是乔安娜、麦克斯和艾丽西娅。"他的声音沙哑了。"他们陪伴着我此行的每一步。他们每个人都用温暖的手轻轻拍打着我的后背。他们在我坚持不住的时候支持我,在我虚弱的时候鼓舞我,在我无助的时候安慰我。我欠他们太多太多。"他最后说道:"在地球自转的最南端,道声晚安。"

在伦敦,乔安娜每晚睡前都会听丈夫在广播里的播报。圣诞节前不久,她在接受《每日快报》采访时说:"亨利当兵时经常出国,所以我们早已习惯了分离……但我现在更惦记他。我真的很担心,我知道他现在有多虚弱——他真的掉了不少体重,而且恶劣的环境也让他遭了不少罪。"她接着说:"他是如此坚决。我心里清楚,他绝不可能失败,哪怕他必须昼夜不停地前进。他的意志力极其强大。"她的心已被征服:"他是个了不起的男人——能嫁给这样的人不是一种幸福吗?"

沃斯利预计还需要大约三周才能完成穿越。他满怀希望最艰难的部分已经过去。他在日记里写道:"祈祷往北走的路会更容易些吧。"然而,当他翻越泰坦冰穹时,发现这种爬升简直"要命"。他的体重掉了近20千克,身上的脏衣服愈加沉重。"还是非常虚弱。腿像根棍儿一样细,胳膊也瘦弱。"他在日记中写道。他的眼窝深陷出阴影。他的手指变得麻木。跟腱浮肿起来,臀部被不断牵拉的安全带磨至擦伤。在咬一根冻硬的蛋白棒时,他还把门牙碰断了。他对南极物流与探险公司说,自己看起来就像个海盗。他上了高海拔后有些头晕,痔疮还流着血。

1月7日,他胃痛得半夜醒来。"我感觉很不好,"他在广播中袒露,"这是我整个探险旅程中最虚弱的时刻。"他的iPod耳机坏了,这下彻底陷入寂静之中。"我很孤独,"他在一次广播中坦言,并补充道,"偶尔找个人聊聊每天的情况也挺好的。"

他总是觉得自己很快就能爬到泰坦冰穹的顶端。他在日记中写道:"等走到期待许久的'下坡路',我就会好很多了。"但是山顶看似越来越远——他被困在了无尽的远方。1月11日,他对听众说:"我非常渴望能下到氧气充足的地方,大口大口地呼吸。"

听到广播后,乔安娜越来越担心了。"从声音里我能感觉到那种疲惫和痛苦。"她回忆道。他身边没有同伴能告诉他,他已经在红色警戒区待得太久了。他也不会因担心自己的行为会危及他人的生命而退缩。他相信他能做到自己一直在做的事:用不屈的意志战胜一切。他曾在笔记本上写下自行车手兰斯·阿姆斯特朗

🕛 沃斯利在一次广播中坦言:"我很孤独。"

（Lance Armstrong）的一句名言："失败和死亡是一回事。"

于是沃斯利继续前进，喃喃念着丁尼生的诗歌《尤利西斯》中的一句："去奋斗，去追求，去发现，而不是屈服。"有一次，他抬头望向天空，透过冻结的雪镜，看到一圈耀眼的太阳光晕。光晕的边缘爆发出强烈的光芒，就好像太阳分裂成了三个火球。他知道这种现象是阳光通过冰粒折射而形成的。然而，在冰峰中蹒跚前行的他，不由得怀疑那道光是在指引他的灵魂，就像沙克尔顿所说的"第四个人"。也许，沃斯利同样"看透世事"——也许，他的意志正在瓦解。他日记里的文字越写越少，内容越来越悲观："快喘不过来气了……我快不行了……手、手指总是不听使唤……不知道还能坚持多久。"

1月17日，他在一片白茫天气中摇摇晃晃地拖了16小时的雪橇。等他结束这天行程时，已是深夜了。他再一次挣扎着建起营地——帐杆插在冰上，卸下食物，点燃炊具，化雪融水。"现在是凌晨1点，"他在广播中说，"总的来说，今天很煎熬。"他继续道："我没劲儿了……"他的声音时断时续。

乔安娜听到广播后惊慌失措。她打电话给沃斯利的众多好友，询问要不要让南极物流与探险公司派一架救援飞机过去。他们觉得凭沃斯利的经验和能力，应该是没问题的。即便是要呼叫救援，也应该由他自己决定。罗伯特·斯旺在早先的一次广播中说过，沃斯利腰带上挂着一部"性能超级棒"的铱星卫星电话，并补充说，"如果真遇到什么问题，他按下按钮，后勤与救援团队就会非常非常迅速地赶到"。

1月19日，再度拖着雪橇穿过一场暴风雪之后，沃斯利早已累到没有力气广播了。他用冻僵的手指在日记上草草写下几个字，字迹几乎难以辨认："非常绝望……滑走了……胃……吃了止痛药。"他大小便失禁，不得不多次跑到帐外，蹲在寒风中。他的身体似乎在吞噬自己。

第二天，也就是他探险的第69天，他拖着雪橇只走了几个小时，最后搭好帐篷，一头栽到里面昏睡过去。他一度用卫星电话打给麦克斯，把他从法国的午夜中叫醒。沃斯利不停重复着："我只想听听你的声音，只想听听你的声音。"

麦克斯对他说："在我眼中，你永远是一名极地战士。你只需要放弃，然后回家。"

1月21日上午，乔安娜和沃斯利通了电话。用她的话来说，他正遭受着"彻底衰竭"的痛苦。他甚至连烧水和刷牙的力气都没有。她哀求他，快给南极物流与探险公司打电话宣告撤退。

"你一定要给他们打电话。"她说。

他对乔安娜说,虽然他不打算从帐篷里出来,但需要花点时间考虑下一步的行动。他纠结了一整天。他在思考,换作是沙克尔顿会怎么做。沃斯利在日记中写道:"只想结束这一切。"又补充道:"非常想念每个人。"但是GPS显示,他终于通过了泰坦冰穹的顶部,前面就是下坡路了。史上第一位单人无后援自力穿越南极的成就唾手可得。他曾在日记中写道:"永远,永远不要屈服。"这句话呼应了某本沙克尔顿励志书籍中的一句话,沃斯利曾把这句话发到自己的网站上:"永远不要放弃——总是再多迈出一步。"

但也许这么想是错的。沙克尔顿之所以幸存,不正是因为他在某一时刻突然意识到没法再多迈出一步,所以才回头的吗?与斯科特或其他葬身于极地的探险家不同,沙克尔顿认识到了自己和队员的能力极限。他明白不是所有东西都能被征服,尤其是南极。在失败中也可以有胜利——生存本身就是胜利。

2016年1月22日,历经71天艰苦跋涉,徒步穿越近800海里之后,沃斯利终于按下了按钮,呼叫了世界上最昂贵的出租车。"大家好,"他在广播中说,"1909年1月9日早上,我心目中的英雄欧内斯特·沙克尔顿从南极出发,徒步了97海里后,他说自己已经尽力了。"沃斯利继续说道:"好吧,今天我不得不带着一些悲伤的心情告诉大家,我也已经尽力了……我的南极穿越旅程结束了。我已经耗尽了时间和体力——连向前迈一步的力气都没有了……终点遥不可及。"但他听起来如释重负:"我会重整旗鼓。我会日益恢复。我会逐渐接受这种挫败。"奋进基金会收到了源源不断的捐款,这让他精神振奋起来。款项远超出他的预期,基金会最终募集到了超过25万美元的捐款。"这太不可思议了,真的让我欣慰。"他说。他说救援飞机很快就到,他很想喝杯热茶。最后他说:"我是亨利·沃斯利,我走到了旅程的终点。播报完毕。"

他把自己的决定告诉了乔安娜。她迫不及待地想见到他、拥抱他。正如她后来所写:"他当然会感到失望,但沙克尔顿也从未实现自己的目标,而亨利达成了非凡的成就。"她把这个消息一并告诉了麦克斯、艾丽西娅和许多朋友。得知沃斯利终于要回家了,大家都松了一口气。或者,如乔安娜所认为的:他还是选择了我们。

救援飞机在1月22日晚些时候抵达,他骄傲地站起身,靠着一股意志力强撑着走向飞机,但他还需要他人的搀扶才能爬上梯子、钻进机舱。

他知道这是个正确的决定：他已然窥见了自己赤裸的灵魂。沃斯利被送往南极大陆另一头的南极物流与探险公司大本营。根据南极物流与探险公司的一份报告，他在飞机上"愉快地谈论着回家，还有要参加的各种分享"。那天晚上，他给乔安娜打了电话："我正在喝茶。我会没事的。"

"我非常爱你。"她说。

"亲爱的，我也爱你。"他说，并答应第二天早上再给她打个电话。

1月23日下午2点左右，电话响了。但对方不是亨利，而是南极物流与探险公司的探险项目负责人史蒂夫·琼斯（Steve Jones）。他解释说，医生发现沃斯利得了细菌性腹膜炎，这种病症是腹腔内壁的薄层组织感染所致。他的炎症可能是由溃疡穿孔引起的，但如果感染扩散到血液，就会引起感染性休克。南极物流与探险公司的飞机

沃斯利在飞往南极物流与探险公司大本营途中。

又把沃斯利载到蓬塔阿雷纳斯市的一家医院。他被紧急送往手术室。他仍在谈论着他的家人以及未来的分享会，似乎还未消化这个突如其来的变故。他不是都已经撤回来了吗？琼斯问乔安娜想不想和他说会儿话。她怕耽误手术，就说先不聊了，并答应一定会乘下一趟飞机飞往智利。

她搭乘了最近的航班飞抵圣地亚哥，在那里等候转机飞往蓬塔阿雷纳斯。在圣地亚哥的时候，她见到了英国驻智利大使菲奥娜·克劳德（Fiona Clouder）。对方告诉乔安娜，亨利的病情危急。乔安娜不断收到医院发来的最新消息，她被告知亨利的肝脏衰竭。乔安娜心想，人没有肝脏也能活下去，不是吗？再后来，她听说亨利的肾也不行了。她心想，人没有肾也能活，不是吗？就在乔安娜准备登上飞往蓬塔阿雷纳斯的航班之前，大使接到了英国大使馆打来的电话。克劳德跪在乔安娜旁边,紧握着她的手,告诉她那件她早已知晓的事:沃斯利去世了。

在大使的陪同下,乔安娜飞往蓬塔阿雷纳斯。她穿过城市的街道与路上的人潮,对身边的一切视而不见。她仿佛置身于一片白茫天气之中。她被带进一座教堂:光线透过彩色玻璃窗,十字架挂在墙上。她面前是一具敞开的木棺,沃斯利躺在里面。人们告诉她,救援飞机去接他时,他身上还带着几块岩石标本,这很像他的风格:明知这些石头是累赘,也要带上它们。她低下头,望着他的脸。"我吓坏了,"她回忆道,"但他看起来非常安详,甚至可以说是喜悦。"她俯身亲吻他,他的皮肤还有些温热。

乔安娜心中充满了悔恨。她多希望能在手术前跟他说上几句话。她多希望他早点放弃这场探险。她多希望自己能主动给南极物流与探险公司打电话。"往后余生我都会感到愧疚。"她说。她面对着"一堵悲恸之墙",那是她自己的南极。

乔安娜给孩子们打了电话。艾丽西娅一向和父亲一样坚忍,但这次她崩溃了。过了一段时间,她回顾父亲在探险时写下的文字,发现了一句伴她一生的话:"你坐在一个巨大的白色圆盘中,望着它的边缘。我把自己带向苍穹,直至宇宙,再向下俯瞰,想象自己身处一片荒芜之地,不过是冰块上的一个小小原子。"过了很久,麦克斯总觉得自己在等待父亲回来。"他是战无不胜的——并非体能上的,而是意志上的——我还在等他回来,"他回忆道,"我还在等待。"尽管他很悲痛,但一想到父亲,他就会变得无比自豪:"如果能赶上父亲的一半,我就很知足了。"他的父亲时常会扪心自问:"换作是沙克尔顿会怎么做?"麦克斯也会如此追问自己:"换作是父亲会怎么做？"

沃斯利离世的噩耗传到英国，威廉王子说："我们失去了一位朋友，但他将永远激励我们所有人。"媒体把沃斯利誉为"世界上最伟大的极地探险家之一"，以及"来自往昔时代的英雄"。他死后被授予极地勋章——这个荣誉也曾授予斯科特和沙克尔顿。《欧内斯特·沙克尔顿，探索领导力》(*Ernest Shackleton, Exploring Leadership*)一书的作者南希·F. 科恩（Nancy F. Koehn）在脸书上发帖："沃斯利把沙克尔顿当作他心中的英雄，现在，我们把沃斯利视为我们的英雄。"

2016年2月11日，沃斯利的葬礼在伦敦骑士桥的圣保罗教堂举行。包括威廉王子、尼克·卡特将军、亨利·亚当斯和威尔·高在内的数百人聚集在这里。为了纪念沃斯利，许多悼念者佩戴着鲜艳的领带或围巾。虽然沃斯利的遗体已被火化，但现场还有一口木棺，上面点缀着极地之星白玫瑰。棺盖上放着他的勋章，就在沃斯利亲手缝制的绣花靠垫上，上面绣着沙克尔顿和他的队员。

亚当斯在悼词中如此评价沃斯利："他的壮举，以及他完成这些壮举的方式，恰如其分地将他塑造成一个英雄角色。但我不确定他本人是否愿意接受这等赞誉。英雄主义，只是他种种伟大人格中的一部分。"他接着说："首先，他是父亲，是丈夫。他还是一名军人、艺术家、能言善道之人。他是我最善良的朋友、最值得我敬佩的人。我爱他。他是我这辈子遇到的活得最精彩的人。"

麦克斯站起身致辞。他就像他父亲一样引人注目：高瘦的身材，一头卷曲的黑发，棕色的眼睛炯炯有神。麦克斯诵读了一首他在13岁时写

的南极主题的诗,当时他的父亲正准备开启第一次南极探险:

> 穿越白色的雪雾,窥见壮美的大陆,
> 在人迹罕至的南极深处。
> 寒风刺骨,侵人心神,
> 死寂的寒冷,将我遗忘在世界的角落……

> 清晨已至,熠熠生辉,
> 太阳升起,闪耀的南极;
> 当我离开这片美丽的土地,
> 未来的生活必将风生水起。

2017年12月,葬礼过后差不多两年,乔安娜、麦克斯和艾丽西娅乘船来到南乔治亚岛。"我想去看看亨利心心念念的地方。"乔安娜说。

◐ 2017年，麦克斯、乔安娜和艾丽西娅在南乔治亚岛。

他们来到了小岛的东岸。高耸的冰川在此矗立，还有一座1913年挪威捕鲸队建造的木制小教堂。

乔安娜和孩子们在教堂里举行了纪念仪式。过了一会儿，他们来到屋外，爬上了一处冰坡。外面正下着小雪，乔安娜用沃斯利最后一次探险时穿的羽绒服裹住自己。"仿佛他就在我的身边。"她回忆道。

她和孩子们爬到能俯瞰到沙克尔顿墓地的山顶。他们带着一个木盒，那是沃斯利为某次探险而打造的。盒子里盛着他的骨灰。麦克斯正在考虑尝试一次极地探险。在小教堂里，他吟诵了父亲喜欢的那首关于沙克尔顿的十四行诗：

你已拼尽全力，实现生命所赋予的价值：
未必在地理上抵达，但成就远不止于此

你已获得，领导力的极致。

乔安娜和孩子们挖了个洞，把沃斯利的骨灰葬进冰冻的土地。

致谢

如果不是沃斯利一家的慷慨帮助,我根本无法写出这个故事。乔安娜、麦克斯和艾丽西娅是我遇到过的最了不起的人,很荣幸能认识他们。亨利·沃斯利的母亲萨莉、妹妹夏洛特同样友善而有耐心,她们与我分享了自己的回忆。

万分感谢沃斯利的众多友人与战友愿意接受我的采访。他们是亨利·亚当斯、安吉·巴特勒、尼克·卡特将军、凯瑟琳·盖尔、威尔·高、比尔·希普顿。书中很多照片由盖尔、高、希普顿、塞巴斯蒂安·科普兰、罗杰·皮门塔、卢·路德与沃斯利的家人提供。休·德·劳图尔准许我引用他那首关于沙克尔顿的诗。南极物流与探险公司的大卫·鲁茨与斯蒂夫·琼斯总是耐心回答我关于南极大陆的各种问题，那是一处我不甚了解却又让我惊叹不已的地方。

感谢首发这个故事的《纽约客》。感谢《纽约客》杂志的编辑们，其中包括卓越的编辑丹尼尔·扎莱夫斯基、多萝西·威肯登、安德鲁·博因顿，当然还有大卫·雷姆尼克。大卫·科尔塔瓦与伊丽莎白·巴伯做的事实核查工作同样不可或缺。

双日出版公司的优秀编辑兼出版人比尔·托马斯极富远见，他预见到了叙事与图片的融合可以让故事自己流动起来。正因为他的不懈付出，以及桑尼·梅塔领导下克诺夫双日出版集团所有优秀同人的共同努力，《白夜孤旅》才得以成为您手中的这本书。特别要感谢托德·道蒂、约翰·丰塔纳、苏珊娜·赫茨、安迪·休斯、洛雷恩·海兰、佩·郭、玛利亚·梅西与马戈·西克曼特。

我还要一如既往地感谢罗宾斯工作室的凯西·罗宾斯与大卫·哈尔彭,以及创新艺人经纪公司(CAA)的马修·斯奈德等人对我的帮助与支持。

最后,感谢我的妻子凯拉、儿子扎卡里与女儿埃拉。他们对我的支持无以言表。

译后记 史诗英雄的解构与解读

译《白夜孤旅》之前,我采写过各类远离现代社会文明的"极致"人物:在罗布泊腹地的死亡绝境中渴求一线生机的越野车手;在孤寂的喜马拉雅群山深处望着爱侣奄奄一息、最终独自获救的青年;还有许多这一世活得纯粹、死得悲叹,在高山上坚持寻找自由与自我的年轻人。

虽然在各类文学作品中,人类总能爆发出强大的自由意志,但我的采写经验告诉我,在真实的世界中,意志往往会率先投降。人类的意志总是先屈服于身体的颓败。只是这一次,《白夜孤旅》的主角，他的意志赢得了胜利——"用不屈的意志战胜一切"。然而故事之后的走向却急转直下。战胜的英雄并没有迎来圆满的结局：他证明了自己的意志战胜了肉体——他放弃了——他死了。就好像他的意志一口一口蚕食了他的肉体，连同他的生命力也在最后致命的那一次啮噬中消弭了。在那一刻，似乎前文中所有无畏的精神与细腻的情感都走向了幻灭。

那么，读者难免会问出那个不免有些刻奇的世俗问题：他的死值得吗？在生命的最后一刻，他会后悔吗？

在以往这类带有史诗气质的文学作品中，英雄人物是绝不会后悔的。事实上，"虽九死其犹未悔"恰恰是英雄叙事的魅力与特质。"依我之见，纵观古今，正是英雄精神（heroism）定义了何为史诗作品，这种英雄精神超越了讽喻的力量，"著名文学评论家哈罗德·布鲁姆（Harold Bloom）在《史诗》（*The Epic*）一书中总结道，"朝圣的但丁、《失乐园》四段祈祷文中的弥尔顿、亚哈船长和惠特曼这两位美国探索者，如此种种人物的英雄精神，都可以用'锲而不舍'来总结。也可称之为'锲而不舍'的眼界，在这样的眼界里，所见一切都能被一种精神力量放大。"

单从人物塑造与文本结构而言，《白夜孤旅》的确符合哈罗德所谓"史诗"的一切要素。（除了篇幅，因此这部作品更像是微型史诗。）在哈罗德提出的对抗性理论中，"对抗自然"与"渴求创造"两种特征又反哺英雄人物以史诗的气质。

在这次横穿南极大陆的冒险旅程中，亨利·沃斯利对抗的不是隐喻大自然的"白鲸"，他的"死对头"恰恰就是字面意义上的自然本身——环境极度恶劣的南极。"它是世界上最干燥、海拔最高的大陆,平均海拔高达7500英尺。这里的风力也最为猛烈,阵风时速高达200英里。这里还是地球上最寒冷的地方,内陆地区温度低至零下75摄氏度。"单单是站在这片土地上,于绝大多数人而言就已偏离人生的正轨,堪称一场大冒险了。然而这只是沃斯利远征的起点。

至于"渴求创造"的部分,这位理想主义者渴望实现的壮举更显极端:单人无后援自力穿越南极大陆。在此之前,第一次发现南极大陆的人出现了(1820年,俄罗斯海军军官贝林斯豪森和拉扎列夫),第一个抵达南极点的人也成功了(1911年,阿蒙森率领的挪威探险队),第一支横穿南极大陆的队伍也完成了(1990年,国际横穿南极考察队)。但纯粹意义上的横穿南极大陆——不依靠动物与机械等外力,不依靠后援团队的补给,选择一条无可争议的路线,孤身一人自力完成这一壮举——堪称美学上的极致。放眼过去二百年来的现代探险活动,或许唯有单人无氧攀登珠峰的勇气、创造力与冒险精神可与之平分秋色。简单地说,这个犹如圣杯般的荣耀,与第一个登顶珠峰的人、第一个环球航行的人、第一个踏上月球的人享有同样的光环。如若成功,他们会被冠以"人类第一"的称谓,被视为"史上第一人",永载史册。

于是,英雄的故事便开始了。在近五万字的文本中,英雄一出场就立足于史诗般恢宏的场景描写。在作者笔下,这种或壮丽或死寂般的环境描写贯穿全文。作者看起来像是自然主义作家那般在行文中无差别地客观记录而已,最终以全景呈现出南极大陆本就带有史诗气质的地理景观。

其实不然。不妨再看看作者有意塑造出的与英雄对抗的客体：绵延至天际的雪面波纹、直刺云霄的横贯南极山脉、坚硬而有欺骗性的蓝冰……这些接二连三的极端困境不断升级这场南极穿越之旅的挑战难度，也塑造了英雄人物的坚忍形象。更何况，两度出场的十四行诗与几乎点明史诗特征的字词（"古典英雄""伟大""壮举""士兵""生命高于一切""死神""胜利"）更把读者带入史诗的语境。

此外，熟悉沙克尔顿历劫而归这则经典故事的读者不难看出，全文最具野心，也最考验叙事技巧的莫过于第三章《酷寒地狱》。大卫·格雷恩仅用了四千多字，就讲完了阿尔弗雷德·兰辛用二十万字还原的惊心动魄的故事，将史上最荡气回肠的探险传奇浓缩成一个章节。作者又将这两个不同时空、跨越整整百年的人物勾连在一起，从而塑造出悲情英雄堪称宿命般的共同命运。

熟悉大卫·格雷恩的读者对这种叙事并不陌生。无论是《老人与枪》(The Old Man and the Gun)中70岁高龄的劫匪福瑞斯特·塔克，还是《迷失Z城》(The Lost City of Z)中那个被誉为"世界上最后一位孤胆探险家"的珀西·哈里森·福塞特，抑或这本书中的亨利·沃斯利，我们不难总结出大卫·格雷恩式主人公的基本特质：个人英雄主义。在第三人称的叙事视角中，这种个人英雄主义弥漫全篇。只有在故事即将走向结局之处，才神来一笔全文唯一作者的视角："但也许这么想是错的。沙克尔顿之所以幸存，不正是因为他在某一时刻突然意识到没法再多迈出一步，所以才回头的吗？与斯科特或其他葬身于极地的探险家不同，沙克尔顿认识到了自己和队员的能力极限。他明白不是所有东西都能被征服，尤其是南极。在失败中也可以有胜利——生存本身就是胜利。"

从这里开始，故事剥下了史诗外衣，"真实故事"的面目才昭然若现。文学作品的史诗特性与现实世界的无限共情不断拉扯，二者之间形成的张力构成了这部作品的最大魅力。

作者之前用将近90%的篇幅暗示读者：这是一部微型史诗，亨利·沃斯利是史诗中的古典英雄，英雄从不放弃。即便英雄迟早有一死，结局也一定是轰轰烈烈的。其实这都是作者与读者玩的一个小把戏罢了：先塑造英雄，再消解英雄，最终还原真实世界中一名英雄的血肉与底色。与史诗中的古典英雄相比，《纽约客》王牌非虚构作家大卫·格雷恩笔下的人物都是真实的。这意味着他们的姓名，他们的每一个动作、每一组对话、每一处引语都是真实甚至精确的。史诗中的英雄从不放弃,真实故事中的英雄却是坚硬又柔软的人,心中时刻充满复杂多变的微妙情绪,牵动着读者的心。无数个命悬一线的时刻就意味着读者会有无数次提心吊胆的瞬间。那些强大意志克服险境的时刻,也彰显了现实生活中个体爆发出的强大动能。他们如此真实且热烈地活过。

再回到那个经典而古老的问题:他会后悔吗?面对死亡,你可以说他从不后悔,像英雄般精彩地过完了这一生。但你也可以扫兴地说他有过犹豫的瞬间,他们甚至还会在死神面前唯唯诺诺地渴求一次生的机会。相信哪一种答案,意味着选择了哪一种人生观。事实上,相信后者需要更大的勇气。珍视生命的凡人比无畏死亡的英雄更值得我们尊重。也正因如此,沃斯利最终没有以强大的肉身和顽强的意志"击溃顽抗的死神疆域"。他的结局不是一场铺天盖地的冰崩,不是极寒中逐渐僵冷的身躯,不是狂风中仰天长啸的愤怒,而是细菌性腹膜炎。如此具象而非壮烈的死亡形式消解了沃斯利的英雄形象,却更显悲怆与真实。徒留下愕然的读者,回味着戛然而止的生命与无法挽回的终局。

宋明蔚

2024年10月

图片版权声明

◎ 塞巴斯蒂安·科普兰（Sebastian Copeland）：P7

◎ Getty 图片网站：P30、P36、P38、P39、P43、P45、P48—49、P70—71、P83、P84、P86、P105、P170—171、P179

◎ 威廉·高（William Gow）：P88—89、P108、P112、P115、P117、P122、P126、P128、P136、P140、P142、P145（下）、P149、P208—209

◎ 罗杰·皮门塔（Roger Pimenta）：P205

◎ 英国皇家地理学会：P16、P26—27、P34—35、P81、P145（上）

©卢·路德（Lou Rudd）：P157

© 乔安娜·沃斯利（Joanna Worsley）：P21、P56—57、P65、P77、P93、P96、P110、P121、P131、P134、P161、P164、P175、P181、P185、P190、P198